ハイドラの告白

柴村 仁

ハイドラの告白

【六月十二日】

あー、もう、くそ、胃が痛ェ。

ホントに、まったく、思い切りが悪いよ、我ながら。

物が多く雑然とした一人暮らしの１Ｋ。入居してまだ四ヶ月ちょい、片付けてない段ボールが部屋の隅にいくつか詰まれている。最近あまりマメにシーツを交換してない気がするむさ苦しいベッドの上で、俺《おれ》はあぐらをかき眉間《みけん》に皺《しわ》を立て、己《おのれ》の携帯電話を見つめていた。

電話をかけるのだ、あの人に。

そして伝えるのだ、結論を。

そう決意したのだが、いざとなると、なかなか踏ん切りがつかなかった。電話をかけるべき相手の番号は、すでに画面に呼び出してある。あとは通話ボタンを押すだけだ。ポチッと軽く押すだけでいい。しかし、「通話ボタンを押す」、たったそれだけのことが、異様に困難だった。

でも、やらねば。

さぁ、決めただろ。

これはかけなきゃいけない電話なんだ。

躊躇《ためら》う道理はない。

潔《いさぎよ》くそのボタンを押せ！

……ああ、でも、やっぱり怖い。

そんな一進一退を繰り返し、情けないことにすでに数十分が経過している。室温はさほど高くもないはずなのに、汗をうっすらかいていた。

電話をかけることにここまで緊張を覚えるのは久しぶりだ。高校二年生の冬、当時好きだった女の子に告白したとき以来じゃないだろうか。あのときもなかなか踏ん切りがつかなくて、携帯電話を開けたり閉めたりしながら、一時間近くウダウダしていた。結局、電話はした。想いもちゃんと伝えた。「ちょっと考えさせて」と言われて電話を切られた三日後に、メールで「ごめんなさい」って返事もらったけど。

まぁそんなことは今どうでもいい。

現在大事なのは、彼に電話をかけることだ。

もう、ホントに、そろそろかけなきゃ。

よし。じゃあ、この目覚まし時計の長針が6を指したら、今度こそかけよう。そうしよう。あっちは真っ当な勤め人なのだから、これ以上遅い時間だと迷惑になってしまう。それに、今日のうちに電話できなかったら、きっと後悔する。今日がダメなら明日に後回しすればいいというものじゃない。

なんだかんだと考えているうちに、ベッドの枕元《まくらもと》においてある目覚まし時計の長針は着々と6に近づいていく。

行け、大丈夫だから。

早く終わらせるんだ、こんなことは。

さぁ！

息を詰め、思い切ってボタンを押した。わあああ。やっちまった。くそ、どうにでもなれ。体温を移してすっかりぬるくなった携帯電話を耳に押し当てる。

無機質な呼出音が鼓膜を震わせる。

一回、二回、

まださほどの時間も経過していないのに、もう電話を切りたい衝動に駆られる。

三回、四回……

『もしもし』

心臓がギクリと飛び跳ねる。でも、もう引き返せない。

俺は腹をくくる。「もしもし、柏尾《かしお》さん？　今、電話、大丈夫ですか」

『うん、いいよ。どうした』

「あの、名字《みようじ》の件なんですけど」

『ああ。考えてくれたのか』

携帯電話を持つ手を替え、汗で湿る掌をジャージにこすりつける。

すっと息を吸う。「やっぱり俺も、母さんと一緒に、柏尾の姓になろうかと思って」

『そうか』

「俺なりにいろいろ考えてみたんですけど、替えたところで結局あまり大きな問題はないような気がするし、むしろ替えたほうが都合いいような気がするし。それに、柏尾って名字、カッコいいし。あは、あはは」

『そうか』

「はは……えっと、だから、まぁ、そういうカンジで、よろしくお願いします。返事、のばしのばしにしちゃって、すみませんでした」

以上です。

これしきのことです。

言葉にすれば一分もかからないで伝えられることに、俺は何日も悩んで、彷徨《さまよ》ったり怒り狂ったり人を殴ったり、みっともなく七転八倒したのだ。今になって顧みると、なんともバカらしい話だ。ダサいことこの上ない。でも、俺には大変なことだったんだ。悩んだんだ。苦しかったし逃げ出したかったし悲鳴を上げたかった。俺は俺なりに必死だった。誰《だれ》にも分かってもらえないと思うけど――

『だいぶ悩んだろう？』

胃がふわりと浮き上がったような心地だった。

まさかそんなこと言われるとは思ってなかったから。

返答に窮する。

何か言わなければ。黙っていては図星《ずぼし》と思われてしまう。

「いや、そんな、いいえ、そんなことは」

『そうかな。だったらいいんだが』

「ええ……」

『君はこれまでずっと、周りの人間に重大な決断を迫られてばかりだったろう？　君の歳で、それが負担になっていないことはないと思うんだ。でも、たとえ負担であったとしても、君は周囲に心配かけまいとして、平気なフリをするし』

「……いやー」

『そういう君を頼もしく思う反面、心配もしてた。無理してるんじゃないかと。一人で抱えこみすぎて、潰《つぶ》れたりはしないかと。もちろん、寿子《ひさこ》さんもな。彼女は何も言わないけど、いつも一人息子のことを心配してるんだよ』

「………」

『でも、よかったよ、同意してもらえて。なんだかホッとした。ありがとうな。寿子さんもきっと喜ぶぞ』

「いえ、そんな……こっちこそ、ありがとうございます、あの、すいません、なんか、宅配便来たみたいだ。一回切ります。すぐかけなおしますんで待っててもらえますか。すいません」

そうして俺は慌ただしく電話を切った。

もちろん、宅配便など来てはいない。来るような時間でもないし。

俺が限界だったのだ。

「っく」

おいおい。泣くほどのことじゃないだろう。

でも、こみあげてくる。こらえられなかった。

顔を俯《うつむ》け前屈みになると、ジャージの膝《ひざ》にボタボタと涙がこぼれた。

「ぐっ、うぐ」

あらあら。おーい、見てくれ。今年二十三歳にもなる図体《ずうたい》のでかい男がベッドの隅でメソメソ泣いてますよ。なんだこれ。ははは、指差して笑ってくれ。

「ううう」

あーあ、もう、なーにが「ううう」だ。思春期のセンシティブなグラスハートかお前は。勘弁してくれよ。恥ずかしいったらないぜ。こんな姿、絶対、他人には見せられないな。

と、なんだかんだ言っても、涙は止まらないのだった。


柏尾さん。

俺は、平気なフリなんかしてない。

負担なんかじゃない。

抱えこみすぎて潰れることも、たぶん、ない。

それをこなすことが当たり前だと思っているから。それが俺の業《ごう》だと思っているから。だから俺は今のところ、まだ無理が利く。

ただ俺は、俺のことを掛け値なしに想ってくれている人がいることが嬉《うれ》しい。ひたむきに心配されていることが嬉しい。そして、それを実感できることが嬉しい。それだけで生きていける、とさえ思える。だから泣けるんだ。

――どうして大丈夫じゃないのに大丈夫って言うの？


そう言っていた少女のことをふと思い出す。

そうだな。うん。あのときの俺は大丈夫なんかじゃなかった。

でも、やっぱ、大丈夫なんだよ。

そう言って心配してくれる人がいるなら。


感情の波が収まってきたところで、ゆっくり深呼吸する。

水っ洟《ぱな》がツツッと垂れてきた。

ティッシュをとって軽く鼻をかみ、電話をかけ直す前に「あー、あー」と声を出してみる。涙声ではないことを厳重にチェックしたのち、再度電話をかける。

「もしもし、柏尾さん？　急にすみませんでした」

『うん』

その声を聞いて、ふと、この人は俺が今メソメソしていたことを、いや、俺の葛藤《かっとう》や足掻《あが》きの何もかもをお見通しなのではないか、と思った。根拠はない。なんとなくそんな気がしたのだ。でもそれは嫌な感覚ではなかった。むしろ、胸の奥が温まるような――

『それにしても、その、柏尾さんってのは、やめてもらわにゃならんな』

「え？」

『君もこれからは柏尾になるんだから』

「あ、それもそうですね。じゃあ、えーっと、」

『やっぱここは、お父さんって呼ぶべきだろう』

そうなんだけど。そうなんだけどさ。

いざとなると、やっぱ、照れる。

「まぁ、それは、追々……」

彼は電話の向こうで快活に笑った。

その後、連絡事項的なことを二、三話して、通話終了した。

携帯電話を握ったまま、放心したように天井の一点を見つめる。

　あーあ。なんか、思い知った。

　まだまだガキなんだ、俺って。

　小中学生の頃《ころ》、あるいは高校生のときでさえ、二十二歳っていうのはすっかり大人のような気がしていたし、自分もこのまま歳を重ねれば普通に大人になるのだと思っていた。でも実際に二十二歳になってみると、フィジカル面はそれなりの成長を見せたものの、メンタル面は「俺もいつかは大人になるんだろうなぁ」と夢想していた頃となんら変わりないような気がしてしょうがない。もちろん変化はしている。でもそれは、経験則によって要領がよくなったにすぎなくて、大人として成長したと言えるものかどうかとなると、ちょっと怪しい。

　俺はいつ大人になるのだろうか。子どもでもこさえない限り子どものままなのだろうか。でも子どもができても俺は俺のままのような気がする。そもそも、大人ってなんだ？　ヒトはいつから大人になるんだ？

　……ま、こんなところで一人で考えても分からんな、そのへんは。

　とりあえず、寝よう。今は。なんだかとても疲れてしまった。

　ベッドにそのままごろりと横たわる。

　なんだかずいぶんすっきりしていた。長年溜《た》めていたガラクタを全部片付けてしまったような、目の前にかかっていたもやもやが全部拭《ぬぐ》い去られたような――不思議な解放感だった。不快な汗はもう感じない。涙が引いていくのがどこか心地良い。目を閉じた。なんだか、よく眠れそうな気がした。

雨の音がする。

また降ってきたのか。いつから降りだした？　電話することに気を取られすぎて、周囲の環境の変化にも気づかなかった。今日は朝から晴れていたけど、ほんの一時の晴れ間だったな。

夢現《ゆめうつつ》で、ふと、ある男のことを思い出す。

素性《すじょう》は知っているが連絡先は知らない。なので経過報告はできない。別れの挨拶《あいさつ》はなかった。今頃彼はどこで何をしているのだろうか。

彼が姿を消したのは、今朝のこと。

それまで俺は、宿の布団《ふとん》にくるまって、気だるい夢を見ていた。おぼろげすぎて内容もまともに思い出せない茫洋《ぼうよう》なる夢――

眠りを破ったのは、腹部への重々しい一撃だった。

　ぐえっと呻《うめ》きながら目を開ける。

　ねうが俺の顔を覗《のぞ》きこんできた。「ハルくん、起きて」

「……お前な」

「ねぇ、ハルくん。あの人、いないよ」

「あ？」

「出てっちゃったよ」

　眠気に霞《かす》む目をこすりながら、訊《き》き返す。「何が、何って？」

「由良《ゆら》くんだよ、由良くん。いなくなってるよ」

　彼女の言葉の意味を理解した瞬間、跳ね起きた。俺のみぞおちあたりにまたがっていたねうが、小さく悲鳴を上げてころりと横に転がった。掛布団をうっちゃり、部屋を飛び出した。隣の部屋のふすまをスパンと開ける。確かにそこには人影も荷物もなかった。部屋の隅に、きちんと畳まれた布団があるのみ。それを目にした瞬間、後悔が怒濤《どとう》の勢いで押し寄せてきた。俺はきびすを返し、階段を駆け降りた。玄関に下りたところで階上から「だからもう行っちゃったってば！」と、ねうの声が追いかけてきた。しかし俺は彼女に構わず、自分のスニーカーを下駄箱から引っ張り出し、きちんと履くのも疎かに、宿の玄関扉を開け放った。

流れこんでくる空気の軽やかさに驚いた。

雨が嘘《うそ》のように上がっていた。

雲は多いものの、白《しら》む空はどこまでもクリアだった。

が、俺にはその清々しさを堪能している余裕はなかった。スニーカーの踵《かかと》は踏みっ放しで、ひと気のない道を駆けた。やがて広い車道に至った。ここにはバス停があるのだが、しかし、周辺にはひとっ子一人いなかった。

とりあえず停留所に近づいた。腰をかがめて時刻表を見やり、

「しまった」

腕時計も携帯電話も宿に置いてきた。今が何時何分なのか分からない。

時計かそれに代わるものがないだろうか、と周囲を見わたすものの、ここは頭にドのつく田舎のしかも町外れ。周囲にあるのは、畑と空き地とシャッターの下りた家屋ばかり——いや。角に、人の背丈ほどもある雑草に埋もれるようにして、小さな地蔵堂があった。これを囲むブロックに、花を供えに来たと思《おぼ》しき老人が一人、ひっそり腰かけていた。彼が腕時計をしていることを見とめた上で、俺は「あの、すみません」と駆け寄った。「時間を教えてもらえませんか」

老人は、初対面の若造の突然のアプローチに驚くこともなく、ゆるりと袖《そで》をまくり、

現在時刻を教えてくれた。

バスはもう十分も前に出てしまっていた。

あからさまに落胆した俺の顔を見て、老人は「一時間したらまた来るよ」と言ってくれた。だが俺はバスに乗れなかったから落胆したわけではないので、そのアドバイスには愛想笑いで返すしかなかった。

眠気はすでに遠く吹き飛んでいた。ふと省みると、今の俺の格好は、どうしようもなく寝起きのそれであった。たぶん寝癖なんかもついているだろう。急いでいたとはいえ、ひどいもんだ。今さらながら恥ずかしくなる。せめてもの身だしなみとして、目頭《めがしら》をこすって目ヤニを落とす。

「あの、おじいさん、もしかして、バスが来たときもここにいましたか」

「いたよ」

「じゃあ、二十歳くらいの、えらく綺麗《きれい》な顔した男を見ませんでしたか」

老人はそこで初めて俺に顔を向けた。

隙間《すきま》風《かぜ》のような笑い声を漏らす。

「顔が綺麗なだけの男なら、この世にゴマンといるわなぁ」

老人は立ち上がり、からっぽのバケツを手に、のろのろと去っていった。

その背を見送って、俺は一つ息を吐いた。

「……確かに」

ずっと踵を踏んでいたスニーカーを、ここでようやくきちんと履いて、宿への道を辿《たど》る。幾日かぶりの陽光を受けて、どこもかしこも、息を吹き返したかのように輝いていた。道のあちこちにできた水溜《みずたま》りは鏡のようだった。路傍の草は朝露をおいて瑞々《みずみず》しかった。空気は洗われたかのように清浄だった。

そして、唐突に悟った。

仕方ないんだ、と。

布施《ふせ》正道《せいどう》のことは、もう、仕方ないんだ。彼の存在も生き方も、もはや変更のしようがない。だから、潔く諦《あきら》めて、丸ごと全部受け容れてしまおう。

別に、投げ遣りになってるわけじゃない。ただ、そうするしかない、と気づいただけだ。黙って呑《の》み下すことでしか決着の付かないことがこの世の中にはいくらでもある、と悟っただけだ。否定など徒労でしかない。自分の力じゃ絶対どうにもならないことをウジウジ悩み続けるなんて、いやだね、俺は。気楽に生きていきたいよ。だから、受け容れるよ。

他の誰が受け容れなくても、俺だけは受け容れてやらなければ。

布施正道のためにも。俺自身のためにも。

右手を軽く握ってみた。昨夜、由良を殴ったあたりが、まだじんわりと痛む。

由良は、怒っているのだろうか。だから何も言わず去ったのだろうか。謝りたかったのだが。そして「お前のおかげで吹っ切れた」と伝えたかったのだが。

仕方ない。

顔を合わせる機会は、いつかまた巡ってくるだろう。同じ学校にいるんだし。

「うん」

気を取り直し、宿の玄関を開けた。

それに、俺だって、そろそろ帰り支度をしなければならない。

ねうにどう別れを告げるか——目下、それが俺にとっての最重要懸案だ。

結局、俺はこの村に二泊した。

長ったるく感じた気もするし、ほんの一瞬だったような気もする。

ただ、俺の人生史上もっとも密な四十時間だったことだけは、間違いない。

【六月十日】

休みなく愛車を駆って数時間。道中、雨に降られなかったことは幸いだった。海岸沿いの有料道路は延々と一直線で、見通しは極めて良好だった。晴れていたなら、ここをバイクで飛ばすのはさぞや気持ちがよかっただろう。残念ながら今日は、空全体が羽毛布団のように分厚い雨雲に覆われていてどんより暗い。鈍色の海面も、波こそ高くないもののなんだか荒んだ様相で、鬱憤《うっぷん》を溜めこんで我慢しているかのように見えた。

有料道路を下り、防風林を抜けると、ようやく住宅地らしき場所に出た。

その町の第一印象は「なーんにもない」だった。

およそひと気というものがなかった。走る車の数は、ないわけではない、という程度。そのため信号もほとんど意味を成さない。住民が集まりそうな店舗や広場も見かけなかった。家屋と家屋の間がやけに広い。空き地が多い。畑の土は砂っぽい。濃い潮風のせいだろうが、屋外に放置されているありとあらゆる金属類、たとえば自転車、水道管、トタン屋根などが、気の毒なほど赤く錆《さ》びていた。

なんとも寂れた町だ。

今日のこの陰鬱《いんうつ》な天気だからそう見えるだけ、というわけでもないだろう。そもそも、町と称することができるほど人間がいるように思えなかった。

しばらく適当に道路を流していたら、どうにか通行人を発見することができた。畑仕事を終えた帰りのような風情の、初老の男性だった。声をかけ、宿泊できるような施設がないか尋ねたが、露骨に無視された。

めげていても仕方ないので、上着のポケットから携帯電話を取り出し、ネットで宿泊施設の所在をチェックした。最初からこうすりゃよかったのかもしれないが、一年かけてアジア放浪などすると、ネット検索には頼らず、現地の情報は現地の人や物から得ようとする癖がついてしまう。

この町に宿は一軒しかないようだった。住所を頭に叩《たた》きこみ、急行する。

その名も、うしお荘。

民家とほとんど変わるところのない造りで、家族経営してるような規模の小さく古い素泊まり宿だが、遊びに来たわけでもないのだし、布団で寝ることさえできれば御《おん》の字だ。

駐輪場も駐車場もなかったので、バイクは宿の横手に停めさせてもらった。

帳場と思しきスペースにいたオバチャンに声をかけて、チェックインする。前払い制だった。もしかしたら二泊することになるかもしれない、と前置きして、とりあえず一泊分の料金を払う。

オバチャンはホクホク顔でお釣りをくれた。「今日は大入りだわァ」

団体客でも来ているのだろうか。しかし宿にひと気はなく、帳場の奥からテレビの音がする以外は、静かなものだった。

「海水浴のシーズンでもないこの時期に、若い男の子が二人も泊まってくれるなんてねぇ、あんまりないことだから」

二人、ですかい。それを大入りと言っちゃうこの宿の経営状況が案じられる。

ともかく、このオバチャン、なかなかのおしゃべり好きと見た。当たり障りのない世間話に混ぜて「この村にはあの有名な布施正道さんのアトリエがあると聞いたんですが」と何気なく話を振ってみる。すると、「あるある！　坂を上って、海に向かってしばらく歩くと、白黒の大きい家があるんだけど」云々《うんぬん》、有益情報をサラッと暴露してくれた。

まだまだ話し足りないふうなオバチャンを適当なところで振り切り、あてがわれた部屋にヘルメットと荷物を置いて、さっさと外へ取って返した。

宿を出たところで雨が降りだした。

飽和した末にじわりと滲《にじ》み出たかのような、肌に張りつく重い雨だった。

慌ただしく自宅を出たので、折り畳み傘なんて気の利いたものは荷物に入れてこなかった。宿の斜向かいにある雑貨店で安いビニール傘を購入。ペラペラで頼りない傘をポンと開き、オバチャンから聞いた道を素直に辿った。途中、ちょっと立ち止まって、腕時計を見た。十六時を少し回ったところだった——

そして、ふと我に返った。

俺はこんなところで何をやってるんだろう。

早起きして、バイクを何時間も飛ばして。わざわざ傘まで買って、雨の中、見知らぬ田舎町を彷徨って。

改めて考えると、なんだか、バカみたいだ。

一年前、アジア放浪に出たときも、こんなカンジじゃなかったか？　曖昧《あいまい》な衝動に突き動かされて、とにかく後先考えず飛び出して——それで、路上で一人立ち止まったとき、ふと我に返るのだ。俺はこんなところで何をやってるんだろう、と。

よくよく省みると、俺はこの二十余年の人生の中で、同じようなことをすでに何度かやらかしている気がする。いざとなると腰抜けなくせに、フットワークだけは無駄に軽いのだ、俺は。

……戻ろうかな、住み慣れた街に。今ならまだ間に合うはずだ。

そうだよな。

やめちゃおうか、こんなこと。さっさと帰っちゃおうか。

きびすを返しそうになるが、俺は一つかぶりを振って留まった。

逃げたらダメだ。

今ここで引き返したらダメだ。逃げ癖が性根《しょうね》に染みついて治らなくなる……

進むか、退《ひ》くか。どちらともハッキリ決められないまま、ダラダラ歩く。

坂を上りきり、海のほうに向かって進むと、「白黒の大きい家」はすぐに見えた。立方体に近い二階建ては、確かに白黒だった。陽を受ければ燦然《さんぜん》と輝くのであろう白い壁。磨かれたような黒さの柱と玄関ドア。都会的なツートンカラーはこんな辺鄙《へんぴ》な土地には不釣合いな気もした。

人ん家《ち》の前に突っ立ってぼんやりしているだけでは誰の眼から見ても怪しいので、とにかく周辺を歩いてみることにした。

歩きながら、ときどき、アトリエの様子をちらりと窺《うかが》う。今はどの窓にもロールカーテンがぴっちり下ろされていた。留守なのだろうか。

アトリエの裏手は、駐車場になっていた。駐車場とは言ってもそれらしい舗装をされているわけではなく、地面は穴ボコだらけだし草はボウボウ生え放題。手入れされていない空き地に周辺住民が勝手に車を停めている、というカンジだ。

そこに、赤い傘をさした女の子が一人、ぽつんと立っていた。

年の頃は、十にはまだ届かず、といったところか。鄙《ひな》に稀《まれ》なる、ではないが、端整な横顔と垢抜《あかぬ》けた雰囲気を持つ子だった。

目が合う。

あまり褒められた理由でウロついていたわけではない俺は、少女の真っ直ぐな眼差しをまともに受けて、なんとなく気圧《けお》されてしまった。怪しまれる前にさっさと立ち去ろう、と目を逸らしたのとほぼ同時に、少女が強い口調で言った。

「シンタロウを助けて」

思わず足を止めてしまう。「え？」

「シンタロウ！」と腕を目いっぱい伸ばす少女が示したのは、

「……猫？」

少女は樹のそばに立っていた。まだ若いのか、樹高はさほど高くない。これの中ほどから伸びた枝の股《また》に、仔猫《こねこ》がしがみついて硬直していた。猫ならではの瞬発力と好奇心で高いところまで登ったはいいものの、下りる技術がなくて立往生、ってところだろう。ありがちありがち。

あたふたと駆け寄ってきた少女は、俺の上着を掴《つか》んでくいくい引っ張った。

「ねぇ、助けてあげて」

と言われて、見捨てるわけにもいかない。

木登りなんて、小学校のときに児童会で行ったキャンプ以来だが、テクニックを必要とするほど高い木でもない。たとえ足を滑らせて落ちたとしても、よほどの下手を打たなければケガもしないだろう。

ビニール傘を閉じ、少女に預けた。幹に足をかけ、適当な枝を掴む。幹も枝もそんなに太くないが、俺の体重くらいは支えられそうだった。シンタロウがしがみついている枝までは、難なく辿り着くことができた。

雨でしっとり濡れているが、ベージュとグレーが混ざったような短毛は柔らかそうで艶《つや》やかだった。長く細い尻尾《しっぽ》。高貴なお顔立ち。ヘーゼルの瞳《ひとみ》が美しい。もしかして、これ、いい値段のする品種だったりするんじゃないだろうか。

俺が手を伸べると、シンタロウは背中の毛を逆立て、ギャ――ッ！と怨霊《おんりょう》みたいな声を出した。助けてやろうってのに、なんですか、その態度は。まるで俺が取って食おうとしているみたいじゃないか。とはいえ、足の竦《すく》んでしまっているシンタロウに動く気配はない。楽々と捕獲することができた。が、俺の掌に収まった途端、シンタロウはスイッチが入ったように暴れ始め、身をよじり、しまいには俺の指にガブッと喰《く》らいついた。小さいながらに鋭く尖《とが》った牙《きば》の攻撃力は想像以上のものだった。

「いだっ」

のけぞった拍子に、足場にしていた枝を踏み外した。幹には他に足場になるようなところはなく、落下するしかなかった。少女が短い悲鳴を上げるが、そもそもそんなに大袈裟《おおげさ》な高さではない。衝撃というほどの衝撃もなく着地できた。が、踏ん張りがきかなくて、そのまま尻餅《しりもち》をつき、さらにカッコ悪いことに、背中でゴロンと地に転がってしまった。

「シンタロウ！」

駆け寄ってきた少女は俺の手からシンタロウをひったくると、いそいそと胸に抱いた。が、猫さまはここでもギャ――ッ！と絶望的な声で鳴き、死に物狂いで大暴れし、怯《ひる》んで力を緩めた少女の腕から飛び降りて、弾丸のような勢いで植え込みのほうに駆け去ってしまった。

あーん、と少女は悔しげに地団駄《じだんだ》を踏んだ。「逃げちゃった！」

俺は腰をさすりつつ身を起こした。「あれ、君の猫？」

「そうよ」

「全ッ然、慣れてないじゃん」

「それは、だって、あのコがまだ子どもだから！」

理由になっていない理由を全力で主張し、少女はここでようやく「おしり大丈夫？」と、人間の心配をしてくれた。

「大丈夫」と頷《うなず》いてみせる。転んだ場所は草地だったし、上着は撥水性《はっすいせい》のある生地だ。気にするほど汚れてはいない。

少女はじっと俺を見上げてきた。

「……何？」

「あなた、このへんの人じゃないわね」

それは、問い詰めるというのではなく、純粋な好奇心で訊いているようだった。年齢と表情にそぐわない大人びた口調がなんだか可笑《おか》しい。

「ああ。よそ者だよ。バイクで旅行中なんだ」

異世界の言葉でも耳にしたかのような顔で「ばいく」と鸚鵡《おうむ》返しに呟《つぶや》く。

「坂の下にあるうしお荘って知ってる？」

「知ってる」

「そこに泊まってる」

少女の顔がパッと明るくなる。「そうなの？　分かったわ」

何が分かったのやら、少女はそう言うときびすを返し、シンタロウが遁走《とんそう》した方向に駆けていった。

が、角を曲がる手前で立ち止まって振り返り、「ねう！」と叫んだ。

「え？」

「私の名前！」

「ねう？」

「そう！」と満面の笑みを浮かべ、角の向こうに姿を消す。

ねう、か。変わった名前だ。本名だろうか。それとも、ニックネームとかだったりするのだろうか。

「さて」

俺もその場を離れることにする。

一回りしてアトリエ正面に戻ったとき、交通量もまばらな道路を、黒い四駆が水溜りを跳ね上げながら飛んでくるのが見えた。なんだなんだと思って見ていると、四駆はアトリエ正面で停まった。俺は思わず物陰に身を隠した。布施正道の車かもしれないと思ったのだ。しかし、降車して姿を現したドライバーは、全然別人だった。いかにもビジネスマンといった雰囲気の、スーツを着た男。

男はせかせかと玄関に歩み寄り、インターホンを押した。こちらとあちらはさほど離れていないので、彼の滑舌《かつぜつ》のいい口上ははっきり聞き取れた。

「田越《たごし》です。お迎えに上がりました」

緊張と高揚が入り混じって痺《しび》れに変質したものがざわりと全身を駆け巡った。

やがて、黒光りする玄関ドアが開いた。中から姿を現したのは――

俺が布施正道の名と再会したのは、まったくの偶然だった。

一週間前のことだ。場所は、俺が通っている美術大学内の生協売店。書籍コーナーに平積みされていた『美術の箱』という老舗《しにせ》アート誌の最新号に巻頭特集として組まれていたのが「最新・世界にはばたく気鋭アーティスト」で、ここに布施正道もその名を連ねていたのだった。表紙のアオリを見たとき、動揺のあまり手に持っていた財布を取り落とし、小銭をバラまいてしまった。

最初は、同姓同名の別人だろう、と思った。俺の知っている布施正道が、こんなところに名を出すはずがない、と思ったのだ。

しかし、雑誌を開いて記事を読み、該当作品をいくつか目にするにつれ、その可能性は潰《つい》えていった。カラー写真で載せられたそれらは、「俺の知っている布施正道」が制作したものに相違なかったからだ。それだけならまだよかった。それだけなら、布施正道もやればできる男だったのだと、ひとまず感心して納得し、見なかったことにしようと努めることはできた。布施正道が有名になったこと以上に俺を動揺させたのは、布施正道として写真に写っている人物が「俺の知っている布施正道」ではなかったことだ。

制作者としてクレジットされている姓名は布施正道で、作品も確かに布施正道のものだ。しかし、制作者として紹介されている男の顔が布施正道ではない。

なぜ？

ワケが分からなかった。

「俺の知っている布施正道」は、どうした？　何をしている？

それからの俺の行動は我ながら呆《あき》れるほど迅速で強引だった。俺は数日で布施正道のアトリエがある場所を突き止めた。そこはやはり美術の精鋭を育てる学校にいるわけだから、ツテはいくらでもあったのだ。といっても、判明したのは「××県のX町」ということだけで、詳細な住所は分からなかった。しかし、ざっと調べた限り、海と山に挟まれたX町は、狭く、人口も少ないようだった。これならとにかく行けば分かる、と思った。これ以上の情報は現地調達すればいい、と。

俺は周囲の誰にも事情を明かさず、旅支度もそこそこに、バイクにまたがった——

車のドアが閉められる音で、はたと今の状況を思い出した。

顔をアトリエに向ける。

黒光りする玄関ドアから姿を現し、黒い四駆に乗りこんだのは、やはり、『美術の箱』にカラー写真で載っていたあの男、世間には布施正道として認識されているあの男だった。「俺の知っている布施正道」が顔面を大幅整形した、という可能性も考えないではなかったが、たった今実物を見て、その説も消えた。体型が全然違う。「俺の知っている布施正道」は、長身で痩《や》せ型だった。でもあの男は、ひょろりとはしているものの、だいぶ背が低い。

別人だ。

つまり、あいつは「布施正道」の名を騙《かた》り作品を我が物顔で発表しているニセモノということになる——はずだが、どうだろう、もしかしたら何か事情があって、本人承諾のもと、代理をしているだけかもしれない。そのへん直接訊ければ手っ取り早いのだが、でも、どう考えても無理だ。そんな、直接訊くなんて。

あー、もう、どうすればいいんだ。

つーか俺、こんなところまで来たってのに、何してるんだろ、ホント……ニセモノの乗りこんだ四駆が、敷地から車道に降りるところだった。後部ウィンドウにはご丁寧にもスモークがふかれていて、そこに座っているはずのニセモノの様子は窺えなかった。

目線だけで小さくなっていく四駆を見送る。

自分が今こらえているものは、舌打ちなのか安堵《あんど》の溜め息なのか、判然としない。

……このままここにいても、仕方ないな。

当人が出かけてしまったのでは、用はない。宿に戻ることにした。

素泊まり宿なので食事は出ない。

腹が減ったら、どこか別の飲食店に行くしかない。

とはいえ、宿から歩いて行って無理のない範囲には、定食屋と喫茶店とスナックの三軒しかなかった。宿のオバチャン曰《いわ》く「県道を越せばもう少し店がある」とのことだったが、その県道まで、徒歩で二十分弱かかるらしい。この雨では、そこまでモチベーションを上げられない。

腹にたまるものが食いたかったので、定食屋に向かう。

ついた頃には、外はだいぶ薄暗くなっていた。

テーブル席が六つばかり並ぶ、こぢんまりとした店だった。客はいなかった。店主らしきオッサンが隅のテーブルで新聞を広げていたが、俺が入店すると「いらっしゃい」と腰を上げた。

「テレビ、つける？」

「あ、はい、じゃあ」

オッサンは、戸棚の上に置かれたテレビの電源を淡々とつけ「注文決まったら、言って」と、奥に入っていった。微妙に親切で、微妙に無愛想だ。

テレビに映し出されたのは、夕方のローカルニュース。

地方局のアナウンサーがのどかに喋《しゃべ》っているのを聞くでもなく聞きながら、適当なテーブルについて、壁に貼《は》られたメニューを眺める。

午前にサービスエリアで天ぷらうどんと鯛《たい》焼きを食べて以降、何も口にしていないから、腹は減っている。が、コレといって食べたいものがあるわけではない。海の近くだし魚がおいしいかもな、くらいの単純な発想で、奥に向かって声をかけた。

「すいません、焼き魚定食」

「を、二つ」

背後から他人の声。ギョッとして振り返ると、扉の前に、帽子を目深《まぶか》にかぶった若い男が立っていた。いつの間に入ってきたのだろう。

男はさらに「ビールも」と声を張り上げた。

奥から店主がやる気なさげに返事する。

男は畳んだビニール傘を傘立てに突っこむと、俺に笑いかけた。

「そこ、いいですか」

と、俺の向かいの席を指差す。

俺と彼以外に客はいない。もちろん他のテーブルは空いている。知り合いではないはずないのにどうして同席を求めるのか分からない。状況が呑みこめなくて半ば呆気《あっけ》に取られていると、俺がヨシとも言っていないのに男は俺の向かいに腰かけた。

彼は、自分の腕ほどもある長い棒のようなものを、暗い色の布にくるんで抱えていた。俺より少しばかり年下といったところだろう。帽子の鍔《つば》の下を窺うに、なかなか整った顔立ち——っていうか、この男、どこかで見たことある気がする。

帽子で顔の全体像が見えないからはっきりしないけど、でも、どこかで。

気のせいだろうか？

男は口元に愛想のよい笑みを浮かべていた。「あのバイク、あなたのでしょう」

「え」

「うしお荘に停めてあるヤツ」

「……ああ」

「俺もあそこに泊まってるんです」

宿のオバチャンが言っていた。海水浴のシーズンでもないこの時期に、若い男が二人も泊まってくれて大入りだ、と。

彼か。

「この町には、どうして？　知り合いでも？」と訊きながら、男は隣の椅子《いす》を引いて、抱えていた棒状の何かを慎重に置いた。

この席に腰を据える気満々、ということか。

できれば一人でいたかったが、今さら拒絶するのもおかしいだろうし。

まぁいい。受けて立とう。

「いや、そうではなく……ツーリングの途中なんだよ。長時間走りっ放しで疲れてたし、雨も降ってきたし、あまり無理はしないでおこうと思って、中途半端なところではあったけど、宿をとることにしたんだ」

「へぇ。では、この町に立ち寄ったのは、偶然？」

「うん」

「そうですか」そして男は帽子を取った。

その顔。

見たことある気がしたはずだ。俺は彼を知っていた。

「由良彼方《かなた》？」

途端、彼の笑顔の温度が下がった。

顔は笑ったままだが、目の奥に氷のように冷ややかな警戒の色が滲む。

「どこかでお会いしましたかね」

「あ、そうだよな。俺は君を知ってても、君は俺を知らないよな……驚かせたなら、悪かった。俺は、君と同じ美大に通ってるんだ。もっとも、俺はデザイン科の四年だから、あんまり接点はないんだけど」

由良は警戒を解かない。「接点がないなら、なぜ」

「いやぁ、だって、由良くんは有名人だし」

「有名？」

身に覚えがございませんとばかりに眉《まゆ》をひそめる。芸術家肌の人間というのは自分の評価には無頓着《むとんちゃく》なのだろうか。

「ああ。青い絵ばかり描いてる日本画科三年の美人っていや、由良彼方を措いて他にはいないよ」

「ふーん」

「なんだよ、ホントに知らないのか？」

「本人の前で本人の噂《うわさ》するヤツはあんまりいないでしょう」

「ま、確かに。それにしても驚いた。こんなところで同じ学校の人間に会うなんて」

由良にほがらかな笑顔が戻る。「奇遇ですね」

とりあえず、警戒を解くことには成功した模様。

店主が、ビール瓶と栓抜きを持って出てきた。グラスは二つだった。それらを俺たちのテーブルに置くと、さっさと奥に引っこんだ。

「で、そっちこそ、なんでこの町に？」

由良は「ああ」と頷きながら栓抜きを手にする。「知人に会いに来たんです」

「へぇ」

瓶の栓をさくっと開け、「いけるクチですか」

「え、まぁ、そこそこ」

「ではどうぞ。おごります」と、グラス二つにビールをトポトポ注ぐ。

「いや、でも、」

「今日はもうバイク乗らないんでしょう。それとも、お好きでない、とか」

「あー、いや、すいません、お好きです……いただきます」

というわけで乾杯。

グイーッとあおる。

思わず「うまい」と呟いてしまう。

由良も一口飲んでから「あの、」と切り出した。「お名前を訊いてもいいですか」

「そっか、言ってなかったな。失礼。俺は……春川《はるかわ》、だ」

「季節の春に、普通の川、ですか」

「うん、そう。ハルでいいよ。みんなそう呼ぶし」

そうこうしているうちに、焼き魚定食二つがテーブルに運ばれてきた。トレイの上に、ごはん、味噌汁、お新香、そして大根おろしの添《そ》えられた焼き魚。視覚と嗅覚《きゅうかく》が刺激されたせいか、急に食欲が湧《わ》いてきた。俺は自分で思っていたよりだいぶ空腹だったようだ。せかせかと箸《はし》を取る。

由良は、のんびりと醤油《しょうゆ》差しに手を伸ばした。「ところで、ハルさん、知ってます？この町には、あの布施正道が住んでるんですよ」

心臓が跳ねた。危うく箸を取り落とすところだった。

それでも、動揺が表に出ないように、精神力を総動員して抑制をかける。

「へぇ。そうなのか。知らなかったな」

どうにか平静を装えた、と思う。

不自然なところなく、普通に、返答できたはずだ。

由良も、特に引っかかるところなく話を続ける。「どうも、そうらしいんですよ。海外での評価が高い、自称ネオ・ミクストメディア・アブストラクト・クリエイター。最近、日本の美術系雑誌でもよく取り上げられるようになって、名前をあちこちで聞くようになりましたよね」

「俺は名前とその面妖な肩書きくらいしか分からないけど」

「布施正道みたいな売れっ子は都会住まいだろうとなんとなく思いこんでたんで、この町に住んでると聞いたときはちょっと意外に思ったんですけど、でもやっぱり、こういう静かなところのほうが、制作に没頭できるのかもしれませんね」

「かもね」

どうにかこの話題を堰《せ》き止めたかった。だから、腹が減って仕方がないというふうに見えるよう、俺は眼前の食事にだけ目を向け、一口一口を大きく、あまり噛《か》まず飲みこむように、ガツガツ食った。


俺は、前年度、一年間休学し、アジア諸国を巡っていわゆる放浪の旅をしていた。だから国内事情にはあらゆるジャンルで疎くなっていたのだが、一学生として曲がりなりにも身を置き、アンテナを張って然るべき業界のことについても、寡聞《かぶん》にして蒙《もう》昧《まい》だった。布施正道の名は、この一年でかなり日本アート界に浸透していた——ネオ・ミクストメディア・アブストラクト・クリエイターという肩書きで。具体的に何を生業《なりわい》としているのかさっぱり伝わらない横文字の羅列だが、それでも、海外の好事家は彼の作品を高く評価し、高額で買い占めたという。その好事家とやらはちょっと頭がおかしいのではないかと俺は思うが。

それはともかく。

布施正道作品の中でも特に有名なのが、『Jカード』と呼ばれる連作モノ。メディアで布施正道が紹介されるときは、必ずと言っていいほどこれが取り上げられる。布施正道作品には他にも大作めいたものがいくつか存在するが、この『Jカード』を彼の代表作と見るのが一般的だろう。

現在発表されているのが、ジャック四種とクイーン三種。今後、キング四種とジョーカー二種を順次制作・発表していく予定だという。

一般的に普及しているトランプのスーツは、スペード、ハート、ダイヤ、クラブの四種で、『Jカード』においても、ジャックはこの四種が制作されている。キングも四種が発表される予定だ。しかし、なぜかクイーンだけは、ハート、ダイヤ、クラブの三種しか制作されていない。〈スペードのクイーン〉が存在しないのだ。この件に関して、『美術の箱』最新号に掲載されたインタビュー上で、布施正道は以下のように答えている。

「創作に生きる者なら誰しもインスピレーションを得た存在を心の中に持っていると

思いますが、まさに〈スペードのクイーン〉こそが、私にとっての源泉なのです。このミューズを今の私があえて制作する必要があるとは思わないし、今後も制作する予定はありません。もっとも、作らなければならない、と直感する瞬間が来れば、その衝動のままに着手するでしょうが」云々。

分かるような分からないような胡散臭い物言いだ。

非常に、癇《かん》に障る。

ニセモノのくせに。

それはともかく。

くだんの『Jカード』は、「トランプ絵札の従来の特徴は押さえつつ、作家独自の構成と工程で描かれ、〈和〉と〈洋〉、〈古き〉と〈新しき〉が融合している」と言われている（『美術の箱』最新号より引用）。

というのも――原色のポスターカラーをベースにして、細かく裂いた古着の端切れや、解体したワイシャツをコラージュし、それによって人物がちぎり絵のように描かれており、また、その人物というのが、ジャック＝忍者、クイーン＝芸者もしくは花魁《おいらん》、といった具合にジャパナイズされているから。

このラインで行けば、今後発表されるキングは、おそらく、侍か殿さまかってところだろう。ジョーカーがどう表現されるのかはちょっと予想できないけど。

また、布施正道は、『Jカード』作品の一部に、特徴的な暗い赤を用いることで知られていた。それ以外の色が、毒々しいと言ってもいいほどの原色や蛍光色なので、彩度の違いすぎるその赤は目立つ、というか、浮いていた。この暗い赤は、『Jカード』内において、ジャックの隈取《くまどり》やクイーンの口紅など、要所要所に用いられている。

やけに意味深なこの赤に関して、布施正道本人は何も言及していないが、美術評論家に言わせれば「この赤を加えることによって、ともすれば単調で退屈になりがちな画面に、緊張感を与えることに成功している。言わばこれは、和服に見られる〈さし色〉のようなものであり、革新的なようでいながら実は伝統的、日本固有のセンスの成せる業《わざ》といえる。つまりこの赤にこそ、〈日本人としての布施正道〉の真髄《しんずい》が宿っている」との由《よし》。

ふーん。

俺ァ現役《げんえき》美大生だけど、正直、よく分かんねーよ、現代アートってのは。


定食屋を出がけに、由良が「宿で飲み直しませんか。こんな何もない田舎じゃ他にすることもないし」と言い出した。

すぐには「いいね」と返事できなかった。夜中にもう一度、こっそり、ニセ布施のアトリエの様子を見ておきたいと思っていたので。由良の言う「飲み」がどの程度のものか分からないが、どのみち、そのような場を持てば動きたいように動けなくなってしまうことは間違いない。中座する妥当な理由があればいいのだが、レジャー施設どころかコンビニもないド田舎。おまけに、この雨だ。外出する口実を作ることは難しい。それに、俺は「ツーリングの途中でたまたまここに来た」ということになっている。土地勘もない場所を夜中にウロウロするなんていかにも怪しいだろう。

こういう誘いを不自然なところなくかわすにはどうすればいいか。……オフェンスではなく、ディフェンスで行ってみるか。

「食料の持ちこみって、いいのかな。そういうの嫌がる宿もあるじゃん」

「それは問題ないです。宿のおかみさんは、部屋を汚さないのであればいい、と言ってました。食事は出ないということだったので、部屋に持ちこみしてもいいかどうか、チェックインするときに訊いておいたんです」

あーそうですか。手回しのよろしいことで。

……なんか、メンドくせーや。小細工は性《しょう》に合わないよ。

さほど時間をかけずに「別に様子なんか見てこなくてもいいかぁ」という考えに至った。そもそも、様子を見て何か特殊なことをするつもりはなかったのだ。玄関のチャイムを押す気さえなく、「とにかく見ておきたい」という程度の思いつきだった。夕方に出かけたニセ布施が帰っているとも限らないし……そうだな、今夜は飲もうか。うん、また明日から頑張ろう。

というわけで、宿の斜向かいにある個人経営の雑貨店で、飲み物と肴《さかな》を購入し、俺と由良は宿に戻った。

由良の部屋で飲み始めていくらか経った頃。

ボーン、ボーン、という低重音が、木造の宿の中にこだました。

なんの音かと不思議そうな顔をしている俺に、由良が言った。

「一階の廊下に、大きな柱時計があるんです。見ませんでしたか」

「ああ。じゃあ、つまり、」

腕時計を見ると、ちょうど七時を指していた。

鐘の音も、七回鳴った。

「七時を告げる鐘の音か」

「そういうことです」

　ほぼ初対面の我々だったが、会話は意外と弾んだ。俺のバイクの話題に始まり、由良の「自分も二輪免許を取りたいと思っている」という話を経て、普通免許を取ったときの教習所エピソードでしばし盛り上がった。

　盛り上がりはするが、内容はいたって当たり障りのないものばかりだ。お互い、一定以上に踏みこむことも踏みこまれることも、よくは思っていない――それは、話していれば分かった。深追いしない、しかし会話は途切れさせない。それがマナーであり暗黙の了解。親しさが増すことはまずないが、こういうものなのだとルールさえ呑みこんでおけば、これはこれで気楽なものだ。相手との距離の取り方がうまい人間と喋るのは、何か頭を使ったゲームをしているようで楽しい。

　二人で発泡酒の缶を数本開けた頃、俺はトイレに立った。

　部屋に戻る途中、廊下の隅にある共用の冷蔵庫から、残りの缶を取り出す。飲みきれないかもしれないと思っていたが、このペースなら全部空けられそうだ。

　部屋の中では、由良がちゃぶ台に頬杖《ほおづえ》をつき、逆さにした缶をグラスのふちにコッンコツンと打ちつけ、最後の一滴まで落とそうとしていた。テレビもない静かな部屋なので、その硬質の音はやけに通りよく聞こえた。

定位置に座り、新しい缶のプルタブを開ける。「素朴な疑問なんだけどさ」

「はい」

「由良は、なんで青い絵ばっかり描いてるの？」

「ばっかり、というほどじゃないと思いますよ。確かにいっぱい描いてるけど。でも夕焼け空の絵は赤かったし、雪景色の絵は白かった」

「でも、自主制作の絵は、青ばっかりだろ」

「そう言われてみればそうかもしれません」

深追いは禁物、か。

俺は「そんなもんかね」と話題終結させようとした。

が。

「青っていうのは、不思議な色ですね」

由良が続けた。酒をドボドボと手酌しながら。

……こいつ、結構、ウワバミだな。

「ご存知でしょうが、空が青いのも富士山が青いのも、いわゆるレーリー散乱ってヤツで、つまり光と空気の関係で、そう見えているにすぎません。大気や山肌そのものに青い色がついてるわけじゃない。海やプールも同じ。手にすくってみれば、それはただの水。透明で、決して青くはない」

「ふむ」

「色彩が氾濫《はんらん》する現代文明の中で暮らしてるとなかなかそうとは感じませんが、自然界において、それ自体が青である、というものは、極めて少ないんです。もちろん、ないわけではなく、ある種の鉱物や動植物にはちらほら見られますが、でもそれだって、他の赤やら黄やら緑やらという色に比べたら、ずいぶんと稀少《きしょう》です」

「うーん。そうかも。人間の青い瞳だって、メラニン色素が多いか少ないかの問題だもんな。メラニン色素自体は黒っぽいものだから、やっぱり青という色は関わってこないし……あ、じゃあ、あれもそうなのかな。知ってる？　ピカピカした青い翅《はね》の蝶《ちょう》。確か、アマゾンあたりにいるっていう、えっと、名前なんつったかな」

由良は頷いた。「モルフォ蝶」

「そうそう、それ」

「あれも同じです。青い色素があるわけじゃない。無色の鱗粉《りんぷん》一つ一つに、電子顕微鏡でも使わないと確認できないような細かい溝が無数にあって、その溝に当たった光が薄い翅の中で反射を繰り返し干渉し合うことで、モルフォブルーと呼ばれるあの金属光沢を持った青色に見せるんです」

「そうなのかァ」

由良は「そうなんですよ」と、自嘲《じちょう》じみた笑みを浮かべた。

「追えば追うほど掴みどころがなくなる。近づけば近づくほど見えなくなる。なら、青という色は一体どこに存在してるんでしょうね。身近にあるように勘違いしているだけで、本当は、手も届かないような遠いところにある色なんだって、そんな気がしてきませんか」

彼の虚ろな笑みを見て「おや」と思った。「どうしたんだろう」と。彼のことをそれほど深く知っているわけではないものの、こういう発言はなんだか彼らしくないような気がした。酔っているようには見えないが、酔っているんだろうか。

そのとき、部屋のふすまが軽くノックされた。宿のオバチャンだろうか。しかし「ふすまをノック」というのもおかしな話だ。普通に声をかければいいのに。とにかく、俺のほうがふすまに近かったので、ハイハイと返事しながらふすまを開けた。

「あれっ？」

そこに立っていたのは、オバチャンではなかった。夕刻、俺に「シンタロウを助けて」と声をかけ、ねうと名乗ったあの少女だった。夜になって冷えてきたためか、クリーム色のカーディガンを羽織っている。

「え？　何してんの？　どうしたの？」

ぽかんとする俺をよそに、少女は折り目正しく「こんばんは」とお辞儀した。

「あ、これはこれはどうも、こんばんは」

背後で、由良がクスと笑う気配。さぞ興味津々にご覧《ろう》じていることだろう。

少女は「さっきのお礼を言いにきたの」と、手に持っていた紙袋を差し出した。

「あれまぁ、別によかったのに。でも、ありがとう。ご丁寧にどうも」

受け取った袋の中には、個包装された焼菓子がいくつか入っていた。食料ならなんでも嬉しい。明日にでも、朝飯代わりに頂こう。

少女は体を少しずらし、部屋の中を覗きこんだ。「お友だち？」

由良のことを言ってるらしい。

「ま、そんなとこだ。今日ここで会ったばっかりだけどね」

少女は目をぱちくりさせた。「お友だちじゃないの？」

「前々からのお友だちかどうかってことなら、違うな。同じ宿に泊まったよしみってヤツだ。旅先だと、ちょっとしたことで親しくなれるものなんだ」

「へぇー」と感心しながら俺を見て、それから由良を見やる。

その視線を受けて、由良が微笑んだ。「初めまして。由良といいます」

「ねうです」

由良は小首をかしげた。「どういう漢字書くの」

「漢字、ないよ。ひらがな」

「ふーん」由良は思案するような顔で宙を睨《にら》み、「ねう」「ねう」「ねう」と口の中で音を転がし始めた。大真面目な顔で猫の鳴き真似をしているように見える。

「ねう、か。いい名前だな」

「ありがとう」

で。

会話に区切りがついても、少女に立ち去る気配はなかった。……うーん。これで相手が成人なら「一緒に一杯どお？」と言えるのだが、こんな小さい子で、しかも女の子だからなぁ。野郎二人で酒ガブガブ飲んでる部屋に引きこむってのはちょっと躊躇われる。

もらった紙袋をちゃぶ台に置き、少女に向き直る。「なぁ、ねうちゃん」

「ねう、でいいわ。ちゃん付けなんてやめて」

「え、あ、はい、すみません……あの、ここには、誰か大人と一緒に来たんだろ？」

くるくると首を横に振る。「一人で来た」

「えっ、夜道を？　雨降ってるのに？」

「うん」

「家の人は、ねうがここに来てること知ってるよな、もちろん」

「おうち、今、誰もいないもん」

「……そっか」立ち上がりつつ、由良を顧みる。「あの、俺、この子送ってくるから」

由良は、あたりめのパッケージを開封しながら「行ってらっしゃい」と頷いた。


ビニール傘をポンと開く。

うしお荘を出た俺とねうは、並んで夜道を歩き出した。

雨のせいだろうか、Tシャツ一枚では肌寒いくらいだった。上着を着てくればよかったと、うっすら後悔する。

細く長く、絹糸を落とすように粛々と降りしきる雨は、止む気配を見せない。

長靴を履いたねうは、夕刻にも見かけたあの赤い傘を広げ、足取りも軽く歩いていた。「ねぇねぇ」

「うん？」

「あなた、名前なんていうの？」

「あれ、名乗ってなかったかな」

「聞いてないわ」

「はるかわ……いや、ハル、だよ」

ねうは赤い傘をクルクル回しながら「ほほう」と神妙な顔で頷いた。「ハルくん、ですか。いいお名前ですねぇ」

「お褒めに預かり光栄の至り」

「ふふふ」

街灯は等間隔に設置されているが、ひと気もないし車も滅多に通らない、暗く物寂しい夜道だった。こんなところを子ども一人で歩いてきたのかと、ちょっと驚く。そういえば、あの宿も、ねうが勝手に出入りできたところを鑑《かんが》みると、夜中であっても玄関を施錠してはいないようだ。どうなんだろうなぁ、それって。今日々、田舎だからって治安がいいとは限らないだろうに。

突然ねうが小走りし、数メートル先の大きな水溜りに突入した。俺が追いつくまでのわずかなあいだに、ザブザブと足踏みしたりパッと蹴《け》り上げたり、存分に水溜りを堪能する。

ちらりと疑問に思ったことを訊いてみる。「なぁ。お父さんとかお母さんとか、どうしてるんだ？　お仕事か？」

「お母さんはお仕事。お父さんはいない」

「あ、ごめん」

「死んだとかじゃないよ。一緒に住んでないだけ。お父さんは東京で働いてる。私とお母さんの二人で、ちょっと前から、ここに住んでるの。私のチリョーのため」

「治療？」

するとねうは、一度聞いただけでは覚えられないような長々しく複雑な病名を口にした。「センテンセー、なの」

「それってつまり、どこが悪いんだ？」

「ジンゾー」

「……腎臓《じんぞう》」

「空気や水のいいところでヨージョーするのがいいんだって」

「そうなのか……って、おい、じゃあ、余計《よけい》、夜中にウロウロしちゃダメだろお前」

「病人扱いしないで。急に激しい運動とかしなければ、ニチジョーセーカツ、ほとんど問題ないんだから」

「そう、か。いや、どっちにしろ夜中にウロウロするのはダメだから」

ということは、ねうはもともと東京の人間ってことか。なるほど。土地柄から妙に浮いた都会的な雰囲気を持っているような気がしてたが、そういうことか。やけに大人びた口調で話すのも、そのへんの事情が影響してるのかもしれない。

「そういや、あの後、シンタロウはどうした？　見つかったか？」

「そうだ！　ねぇ！　聞いて！」と、ねうは勢いよく振り返った。「ひどいんだよ、シンタロウったら！　私、あっちこっちシンタロウを捜してね、でも見つからなくて疲れたからね、家に帰ったらね、もう家にいたの！」

「猫ってそんなもんじゃないかな。ちゃんと家に戻ってくるなら、飼い猫として充分だと思うけど」

「犬は人につく、猫は家につく、ってヤツね」

「おお？　なんだ、難しいこと知ってるな」

そんなことを話しながら、雨の夜道をダラダラと歩いていた。坂を上りきり、海に向かう道を進んで、しばし——

「私のおうち、あれ」

と、ねうが指したのは、ごく一般的な二階建ての民家で、

……空き地を挟んだ隣が、ニセ布施のアトリエだった。

そうか。俺とねうが会ったのは、アトリエ裏の駐車場。それは、ねうの家の裏でもあったのだ。

「お隣さんって、どんな人？」

「えー、よく分かんない。お母さんは、ゲイジュツカって言ってた」

「ゲイジュツカ、ね」

「怪しいわよね」

ホントにね。

思わず苦笑してしまった。「どんなものを作ってるか知ってる？」

「知らない。お隣さん、あんまり家にいないみたい」

「へぇ」

そうこう言っているうちに、ねう宅の前に到着する。

「本当は、上がっていただいて、お茶でもご馳走《ちそう》したいところだけど」

「あー、いい、いい。お構いなく。というか、嫁入り前のお嬢さんが夜中に男を気安く家に上げてはいけません」

「そうなのよね」と鹿爪《しかつめ》らしい顔で頷くと、ねうはポケットから鍵《かぎ》を取り出し、手馴《な》れた様子で玄関を開けた。

正面をさっと見ても、どの部屋にも電気はついていなかった。家には今誰もいない、
というのは本当らしい。

「お母さんはいつもこんなに遅いのか？」

「前は、この時間には、家にいたんだよ。でもね、お母さん、四月からイドーになっ
てね、忙しくなったの。でね、最近、帰るのが遅くなった」

「そっか」

だからシンタロウが買い与えられたのかもしれないな。

ねうの寂しさを紛らわせるために。

一緒にいられる時間は少ないかもしれないけど、彼女はちゃんと愛されて、大事に
されているのだろう。

「じゃあな、ねう。ちゃんと戸締りするんだぞ。それと、もうフラフラと外を出歩か
ないように」

俯き加減のねうは、もそもそと口を動かして、何事か喋った。

「え？」

その声が聞き取れなかったから、身をかがめ、ねうの顔に耳を寄せた。

「なんだって？」

するとねうは顔を跳ね上げ、眼前に晒《さら》された俺の首にガツッと噛みついた。

「ぎゃッ⁉」

面喰らった俺は身を引こうとするのだが、少しでも動くと、俺の首の筋とねうの歯とが皮膚一枚はさんでこすれ合い、ゴリゴリと嫌な音が耳近く響く。

「いだだだ！　痛い痛い！　おい、こら！　離せ！」

思い切って強引に身を引いて、どうにかねうを引き離すことに成功。

「何すんだッ！」

ねうが噛みついていた箇所がぬらりと濡れていたので、出血したかと思い、ゾッとしたが、当てた手を見るとべったりついていたのは血ではなく涎《よだれ》だったので、なんかもうガックリというかゲンナリしてしまった。

Tシャツの襟で涎をぐいぐい拭いつつ、「なんなの！」

「おいしそうだったから」

「は⁉」

「ハルくんの首がおいしそうだったから」

まるで意味が分からん。

唖然《あぜん》としてる俺を尻目《しりめ》に、ねうはさっと玄関ドアの隙間に体を滑りこませた。「おやすみ、ハルくん」

「……おやすみ」

バタンと玄関が閉ざされ、ガチャリと鍵のかかる音がし、ねうの気配も家の奥に入っていったのを確認してから、俺はねう宅から離れ、アトリエのほうに足を向けた。

夕方もそうしたように、アトリエ周辺を一回りしてみる。今の俺ってかなりストーカーっぽいよな、と内省しつつ。

アトリエはどこにも電気がついていなかった。

まだ帰っていないのか。

少し苦々しく思いながらも、どこかでホッとする。

電気がついていたなら、あの男が帰ってきていたなら……どうするつもりだったんだろう、俺は。

自分で自分のことが分からない。

宿の部屋に戻ると、由良にニヤニヤ顔で迎えられた。

「旅先の宿に女が訪ねてくるなんて、なかなかやりますね、ハルさん」

「おかげさまで」

元の場所にあぐらをかき、発泡酒をグラスに注がず缶のまま飲む。

由良は、暇つぶしに読んでいたらしい文庫本を置いて、柿《かき》の種の袋を開けた。「あの子のお宅、ホントに人いなかったんですか」

「いなかったね」

「ということは」ちゃぶ台に載せられたままの紙袋を指差す。「これは、彼女の独断で差し入れられた、ということになりますか」

「……あー」

「何をすればあんな小さな子にお菓子を献上しようって思わせることができるんですか」

「うーん。木から落ちたら、かな」

「は？」

猫にかじられ、子どもにもかじられた。

今日はおかしな日だ。

ふと目が覚めた。

一瞬、自分がどこにいるのか分からなくて混乱する。

小さな灯りだけがついた暗い和室。二つ折りした座布団を枕にし、上着を掛布団にして、畳に直寝していた。

ぼんやりする頭をどうにか働かせて、なんでこうなったか思い出してみる。

ねうの送迎から帰ったあとも、俺と由良はしばらく飲み続けた。が、夜気に当たった上に発泡酒ばかり飲んでいたから、なんだか体が冷えてしまった。そこで俺は風呂《ふろ》に入ることにした。すると、まぁ当然っちゃ当然なのだが、一気にアルコールが回ってグデングデンになってしまった。で、俺は部屋に戻るなり布団も引かずに寝入ってしまった、と。うん、そこまではちゃんと覚えてるな。ということは、ここは俺の部屋だよな？　あれ？　違うっけ？　なんか違うような気もする。それまで入り浸っていた由良の部屋に転がりこんだような気もする。どっちだろう。分からん。朦朧《もうろう》とする頭でいろいろ考えてみるがどうにも思考がシャッキリしない。

そういえば、俺、なんで目が覚めたんだっけ。

ああ、そうだ。なんか、人の気配がしたんだ、それで——

その瞬間、寒気《さむけ》のようなものを感じて、俺は頭を上げた。部屋の隅に、黒い人影がうずくまっていた。上体を起こした俺のほうを、ジッと見ている。暗いのでもちろん顔なんか見えない。しかし視線がぶつかったことは感じた。

全身の皮膚がざわりと粟立《あわだ》った。

「由良、か？」

そう問いながら、なんとなく分かっていた。これは由良ではない、と。

返事さえしないまま、人影は動いた。物の輪郭がようやく分かる程度の灯りの中、中腰のまま足音を忍ばせてスルスルと寄ってくるその様は、悪夢に出てきそうなほど不自然で不気味だった。人影は無言で腕を持ち上げた。その手に握られた何かが、小さなオレンジ色の灯りを受けて、ぬらりと濡れたように光った。——ナイフだ。刃渡り十センチそこそこだが鋭い切っ先を持つそれを、俺の顔に突きつけてくる。

「声を出すな」

言われなくても声なんか出なかった。心拍数が一気に上がって手足に震えが走った。酔いも眠気も吹っ飛んだ。

俺はほとんどパニック状態だった。しかし頭の一部分だけはどうにか冷静を保っていた。その一部分をフル回転させて「これは強盗だろうか」「カネを出せば行ってくれるだろうか」などと、いろいろ考えていたのだが——

人影がまた喋った。低く抑えてドスを利かせているが、若い男の声と知れた。

「掛軸はどこだ」

「……は？」

「てめぇが持ってる掛軸だよ」

なんだ？

なんのことを言ってるんだ？

俺のぽかんとした様子に苛立《いらだ》ったらしい。男はナイフをさらに近づけ、

「さっさと吐け、この」

中途半端なところで男は口を噤《つぐ》み、振り返った。

彼の背後に、人影が立っていた。

今度こそ、由良だった。

男がなんらかのアクションを起こすよりも先に、由良が動いた。腕を勢いよく振り下ろし、手にしていた丸っこい何かを、一切の躊躇《ちゅうちょ》なく、男のこめかみにぶち当てたのである。鈍い衝突音。男は声も上げず畳に横倒れになった。

由良が手にしていたのは――フルフェイスのヘルメットだ。俺の。

すかさず由良は男に馬乗りになり、どこからか取り出したビニールテープで、男の口をビチッと塞《ふさ》いだ。さらに、もう一つビニールテープを取り出し、呆然《ぼうぜん》と座りこんでいる俺のほうに投げて寄越す。

「足をグルグル巻きにして」

えっ、と俺が目を点にするのを尻目に、由良は男の両腕を束ね、手首のあたりから肘《ひじ》にかけて幾重にもビニールテープを巻き始めた。

俺にも、それを、しろってか？

こいつを、拘束しろってか？

「で、でも」

俺は中学のときからバスケをしているので、テーピングなら何度もしたりされたりしている。が、業務用のゴツいビニールテープを拘束目的で人体に巻きつけたことなんて、当然のことながら、ない。やはりどうしても怯んでしまう。

しかし、この男、真夜中に押し入って、ナイフで人を脅しつけるような凶暴なヤツだ。なんらかの形で身動き取れないようにするのがベターなのだろう。警察を呼ぶにしても、到着までいくらか時間がかかるだろうし――

「ぼさっとしてないで早く」

由良が苛立ちを隠さぬ声で焚《た》きつけてくる。

……やむを得まい。俺はビニールテープを手に取り、男の両の足首を束ねてグリグリと巻き始めた。

あー、やだやだ。うわー。ヤなカンジだ。二度とやらない、こんなこと。

急に目を覚まして暴れださないとも限らないし、怖い。

かなり厳重に巻いたな、というところで、男が畳に落としたナイフを拾い、ビニールテープを切った。そして、今さらながら、ナイフの鋭さにゾッとする。

俺はフーッと息を吐き、男から少し距離を取った。「よし、じゃあ、警察を呼ぼう」

「ダメです」

「は!?」

「こいつに訊きたいことがあるので」

「……知り合いなのか？」

「まさか。こんなおっちょこちょい、知りませんよ」

「じゃあ誰なんだよ、こいつ。どうしてこんな」

「これを盗りに来たんです」

と、傍らに置いているものをポンと軽く叩く。

定食屋で初めて会ったときから大事そうに抱えている、暗い色の布にくるまれた長く細い何か——

「それは？」

「こいつ、言ってませんでしたか。掛軸はどこだ、と」

「言ってたけど」

そのとき、階下から声が。

「お客さん、どうかしました？　なんか大きな音しませんでしたか？」

宿のオバチャンだった。

静かな田舎町の、他に泊まる者のいない小さな宿だ。人間を殴った音やら人間が倒れる音やらは、どうしたって悪目立ちする。

どう返事していいか分からない俺は硬直してしまったが、
由良は笑えるくらいコロッと声の調子を変え、愛想よく返事した。

「すいませーん、転んでちゃぶ台引っくり返しちゃいました。でも、全然大丈夫ですんで」

そうですか、とオバチャンは間延びした声で応えた。奥の間に向かって歩き出す気配がする。彼女の足音が完全に聞こえなくなり、ドアの閉まる音が遠く鳴ったところで、俺と由良はようやくホーッと緊張を解いた。

暗がりの中で、クスと由良が笑った。「俺はね、ハルさん」

バチ、とハサミでビニールテープを切る音。

由良は用済みのビニールテープを畳の上にポイと投げ出した。

「この町には、知人に会いに来た、と言ったでしょう。具体的に言うと、実のところ俺は、布施正道に会いに来たんですよ」

一瞬、彼が何を言っているのか分からなかった。

彼の口から飛び出した「布施正道」という名詞は、本来の意味を失って、何か別の得体の知れないものを示す言葉になってしまったような気がした。

顔を上げて俺を見る由良の瞳が、どこかからのわずかな灯りを反射して、暗がりにうずくまる肉食動物のそれのように鈍く光った。

「あんたもそうなんでしょう?」

階下で、柱時計の鐘が鳴っている。

一回、二回、三回……

……十二回。

日付が変わったのだ。

俺が由良のことを知ったのは、五月初め。

ほんの一月前のことだ。

見た瞬間「すごい絵だ」と思った。

同時に「怖い絵だ」とも、思った。

高所から下を覗いたとき、足から背骨までを駆け抜ける、緊張にも似た痺れ。階段から足を滑らした夢を見てハッと目が覚める瞬間の、気の動転。雲を見て空の高さを感じたときの、眩暈《めまい》。

この抽象画の前に立つと、そんな感覚ばかり浮かんでくる。

全体的に塗りこめられた深い青が、空を想起させるからだろうか。しかしこれは、ただ単純に青いのではない。様々な色が混在した上で、すべてを青が内包している、青が支配している、という感じ……

うーん、あんまりうまく説明できないな。

でも、この絵の前に立ったときの、あの感じ、浮遊感とでも言うべきか、あれは、とにかく強烈だった。見ただけで足もとがぐらつくようなインパクトを、この絵は放っている。とにかく何やら並々ならぬものを感じたから、しばらくの間、絵から目が放せなかった。こういう出会いがあるから、絵画鑑賞ってのは、やめられない。

絵画棟一階のC展示室。

ここに並んでいるのは、日本画科の学生の作品だ。

現在取り組んでいる制作がなんとなく行き詰ってしまったので、バスケサークルの先輩である彫刻科七年生・利根《とね》さんを誘って、気分転換というか、とにかく、何か得られるものがあればと思い、キャンパス内のあちこちにある展示室を、片っ端から覗いて回っていた。

俺はデザイン科の製品デザイン専攻だが、自分と全然違うジャンルの作品っていうのは、ヘタに同じジャンルの作品を見るより、いい刺激になると思う。思わぬアイデアが浮かんできたりもするし。だから、巧拙《こうせつ》はさておき、活気のあるギャラリーが身近にあるというのは嬉しいことだ。なにより鑑賞無料なのがよい。

やがて絵の呪縛《じゅばく》から抜け出して、我に返り、絵の細部を見る余裕が生まれる。そうして、絵の隅に、作者のサインとして「Kanata Y.」とあるのを見つけた。

作品の傍らに貼られているキャプションに目をやる。

作者は「由良彼方」とあった。日本画科三年だそうだ。

ついでに作品タイトルもチェックしておくが、『untitled』だった。

いい作品なんだから、いいタイトルつけてあげればいいのに。

タイトルだって作品の一部なんだぞ。それともわざと無題なのか。

そうこうしているうちに、どうやら鑑賞に飽きてきたらしい利根さんが、俺の隣にやってきた。「何を熱心に見てんの。ん？　おお、由良彼方じゃん。へぇ。また青い絵だ」

「知ってるんですか」

「おう、もちろん。ふむ、さすがハルくんだ、お目が高い。一年間ユーラシア大陸を放浪して留年したのは伊達《だて》じゃないね」

「それ関係ねぇし。で、由良ってのは、どういうコですか」

「うーん、まぁ、デザイン科ではそう知られてないのかもしれないな。由良って、青い絵ばっかり描いてることで有名でさ。知名度だけで言えば、ファインのほうではもうすでに、犀《さい》と肩を並べるカンジだな」

「へぇ」

犀というのは、油画科の四年生だ。写実性の高い絵画作品を多く制作している、我が校における名物男の一人。しかも、速筆多産。あちこちの公募展やコンクールに顔を出しては高評価を受け、輝かしい受賞歴を持ち、画廊も引く手数多だとか。

その扉と肩を並べる、とは。

「まだ三年なんでしょ？　すげーな」

「しかし、由良が有名になったのは、その才能のためだけではない。正直なところ、由良くらいの実力があるヤツなら、まだ何人もいるからだ」

「ほほう。ではなぜ由良の知名度が上がったのですか？」

「一見モサッとしてるんだけど、よくよく見ると、えりゃー美人なんだな、これが」

「ほほう！」

その後、俺たちはC展示室を出て、絵画棟内を特に目的もなくブラブラ歩いた。日本画科の制作室が並ぶ廊下を歩いていたら、開きっ放しだったある扉の前で、利根さんが「あ、いた」と小声で言った。

俺も小声になる。「誰が？」

「さっき言ってた、彼方ちゃん」

「なんだってぇー」利根さんに並んで、覗いてみる。

広いこの制作室の中にいたのは、一人だけだった――奥の壁のそばに、九寨溝《きゆうさいこう》の水のような青が全面にしっとりと載せられた、かなり大判の紙本《しほん》がある。これの前に膝をついて筆を動かし続ける、エプロンを着けた人物こそが、由良彼方らしいのだが、

「……男じゃねーか」

「は？　そうだよ」

「なぁーんだ」

「誰が女だなんて言ったよ」

「いや、だって」

あの青い絵、なんだか女性的な感じがしたんだけどな。

気のせいだったか。

おもむろに、由良が動いた。背後にある何かを取ろうとしたらしく、膝をついた姿勢のまま上半身を大きく捻《ひね》り、振り返ったのだ。そしてようやく、戸口に立っていた俺たちに気づく。その瞬間の、その表情——思い起こされたのは、竹内栖鳳《たけうちせいほう》の『班猫《はんびょう》』だ。あのしなやかなぶち猫《ねこ》。声をかけるとパッと逃げてしまいそうな。それでいて挑発するような。

しかしそれも一瞬のことで。

由良は露骨に顔をしかめた。無言ながら「何ジロジロ見とんじゃ」という威嚇《いかく》の滲

み出る、清々しいほどの渋面だった。彼は何か言いたげだったが、結局何も言わず、絵に向き直って作業再開した。

……ヘンクツっぽいな。

制作の邪魔をするのは申し訳ないので、俺たちは早々にその場を去った。

絵画棟を出てから、利根さんが「あのさぁ」と切り出した。

「ハルくんは、Ａっていうグラビアアイドル、知ってるかい？　アルファベット一文字で、Ａ」

「あー、知ってる知ってる。超知ってる。なんか、なんとかっていうバンドのプロモに出演して、ガーッと人気出てきた娘《こ》でしょ。よく雑誌に出てますよね。可愛いっすよね」

「可愛いよな」

「はい。あのキッツい目にゾクゾクするっす」

「そうそう、そうなんだよ。キツそうなとこがいいんだよ」

「他のグラドルと比べても、断然、顔が上品で」

「尻も上品だ。Ｄカップだし」

「そうそう。ＡなのにＤ」

「学食メニューが価格変更したことも知らなかったのに、話題のグラビアアイドルのカップサイズは知ってるっていうあたりが、ハルらしいよな」

「うるせぇ。で、そのAがどうしたんですか」

「由良って、Aに似てねぇ？」

「寝言は寝て言え」

「いやいやマジメな話。考えてみてくれ。由良をもっと小柄にして、女骨格にして、髪長くして、顔とか肉付きとかプリッとさせたら、Aになると思うんだけど」

「バーカバカしい。似てるわけない……こともない、かな」

制作室の中から、こちらを睨みつける由良。

グラビアの世界から、読者に秋波《しゅうは》を送るA。

頭の中で並べて、比較してみる。

うむ。

「そう言われてみれば」

「な？　だろ？　似てるよな？　そう思って見るとみんなが気づかないのが不思議なくらいだよな？　もしかして、親戚《しんせき》とかだったりすんのかね？」

「いやー、たまたまでしょ。美人っていうのはその文化における最も平均的な顔立ちであるから、逆に言えば無個性、よって突き詰めれば似通ってくるもんだ、なんてのは、よく聞く話でございまして」

「まーな」

と、そんなウヤムヤな感じでこの話は終わったのだが。

それでも、俺の中に「由良彼方」という存在は、かなり印象深く残った――

その由良彼方が、なんで布施正道を追ってるんだ？

【六月十一日】


強盗男が目を覚ましたようだった。手足を拘束された上に口も塞がれていることに気づき、むぐむぐと呻きながら身をよじり、暴れ始める。

やばい。またオバチャンに不審に思われてしまう——

由良は、俺に背を向け、男の傍らに膝をついた。

「静かにしないと鼻の穴も塞ぐ」

言われた途端、男は静かになった。由良の無機質な声から本気の程度を読み取ったらしい。

「質問に答えてくれればいいよ、そしたらすぐ帰してやる」

強盗男は、由良のその言葉には反応を見せなかった。が、額にはじっとり汗を浮かべていた。

「あんたをここへ寄越したのは布施正道だな？」

男はプイと目を逸らしてしまった。答える気はない、という意思表示か。

男のそんな様子にも、由良は焦ったり困ったりという素振りは見せず、ただ、俺に笑顔を向けた。「すいませんけど、その窓、開けてもらえます？」

窓のそばで座りこんでいた俺は、ワケが分からないながらも、とりあえず、言われた通りに窓を開けた。夜気と霧雨がひんやりと流れこんできて、興奮した頭もいくらか醒《さ》める——と思った矢先、由良は男の胸座《むなぐら》を掴んで持ち上げ畳を引きずり、窓枠に上げて、男の半身を窓の外へ押し出した。まさか外に放り出すつもりなのかと思って俺は竦み上がったが、由良が男のベルトを掴んでいたため、男の体は腰のあたりで窓枠に引っかかり、上半身だけぶらりと外に垂れ下がるに留まった。しかし、由良が一瞬でもその手を放せば、男は真っ逆さまに地面に落ちることになる。

男は涙目になりながら、塞がれた口で、むぐぐと呻いて身をよじった。

「今のような態度をもう一度でも取ったら、手を放す。暴れたり余計なことをしても、放す。とにかく、俺の気に触るようなことをすれば、あんたは頭から地面に叩きつけられることになる。二階だからそんなに高さはないけど、痛い、で済めばいいな」

ムチャクチャだ、こいつ。

これはさすがに黙って見ていられなかった。俺は「おい！」と由良の肩を掴んだ。

しかし、由良の「触るな」という一睨みで黙らされた。

「黙って見ててください。あんたが余計なことしても手を放しますから」

そんな、という俺のささやかすぎる抗議はまったく意に介されなかった。「聞け」と由良は男の体を大きく揺すった。

「俺は、俺の質問に答えてほしいだけだ。あんたの態度次第でお互いヤな思いしないで済むんだから難しい話じゃないだろ。それと、言っとくけど、俺はそんなに腕力あるほうじゃないから。あんまり時間かかると疲れてきて、俺の意志や努力とは関係なく手ェ放しちゃうかもしれない。物分かりの悪さが身を滅ぼすってことは分かるな?」

逆さまになりながらも男はガクガク首を縦に振った。

「じゃあ、もう一回同じことを訊く。あんたをここへ寄越したのは布施正道だな?」

男はもう抵抗する気が完全に失せたようだった。弱々しく首肯《しゅこう》する。

「掛軸を盗ってこいと言われたのか?」

肯定。

「あんたは布施正道とどういう関係だ。血縁か?」

否定。

「手下みたいなもんか」

否定。

「カネで一時的に雇われたのか」

コクコクと頷く。

「ではなぜ掛軸を盗ってこいと言われたのか、理由は知らないのか」

肯定。

「てめぇいい加減なこと言ってんじゃねぇぞ」

ベルトを掴んでいる手の力を緩める。男の体は上半身の重みに引きずられ、大きくずれた。男は足をバタつかせ、千切れんばかりに首を横に振った。

俺はひそかに身構えた。もし由良が本当に手を放したら、男の足でもなんでも掴んで引き上げるつもりだった。

が、由良はベルトをしっかり掴み直した。「本当なんだな」

男はコクコクと頷く。その目の端から涙が一滴流れるのが見えた。

……ああ、もう。見てられない、こんなの。

「もういいだろ、もうよせ！」

俺は男のベルトを掴みつつ由良を押しのけた。

由良は抵抗せず、あっさりと俺に場所を譲った。

男の体を引き上げ、畳の上にゴロリと下ろす。雨降りしきる屋外に突き出されていたので、男の服は腰から上がしっとり濡れていた。彼の頬を伝っているのが、雨か涙か汗か、分からない。

過呼吸でも起こすんじゃないかと心配になるくらい、男の鼻息は荒かった。

「大丈夫か」

俺はこいつにナイフで脅されているから、本当は心配なんてする筋合いではないのだが、経緯はどうあれ、この状況で最も大きい精神的ショックを被っているのは、どう見ても彼だった。

傍らの由良を見上げる。「なぁ、もう気が済んだろう。もう帰してやろう」

由良は笑顔で頷いた。「いいですよ。でもその前に、」

と言いながら、自分の携帯電話を取り出し——

ちろりーん。

牧歌的なシャッター音を響かせて、男の困惑顔を撮影した。

唖然としてる俺に向かって「念のための証拠写真です」と、にこやかに言ってのける。「じゃ、行きましょうか」

「俺が言えた立場でもねーけど……」

坂の中ほどで、男が俺を顧みた。

こっそり宿を出て、細かな雨が降る夜道を、俺と由良と強盗男という奇妙な三人組でぞろぞろ歩いている途中のことだった。

「友だちは選んだほうがいいぜ。そっちのあんちゃん、マジで、いかれてる」

と、顎の動きで由良を示す。

口と足のビニールテープは剥《は》がしてやったが、手にはまだガチガチに巻かれたままだ。おかげで傘も差せない男は、全身濡れ鼠《ねずみ》だった。

俺は目を逸らした。「友だちじゃない。たまたま同じ宿になっただけだ」

「そうかよ……つーか、どこまで付いてくる気だよ」

由良はその問いには答えず、

「あんた、これから布施正道のアトリエに戻るのか」

由良に対してすでに恐怖心に近いものを抱いているらしいこの男は、そう言われてわずかながら身を引いた。「ダメなのかよ」

「いや、まったく。布施さまンところ帰って、自分が見たこと言われたことされたこと、ありのままをきちんと報告するといい」

男の由良を見る目は、もはや人間に向けられる類いのものではなくなっていた。どちらかというと、悪夢を見ている真っ只中《ただなか》の人間の目なのだろう、これは。

結局そんな表情のまま、男は立ち去っていった。

男の姿が角を曲がって見えなくなると、由良は「さて」と呟いた。

「あっちがどう出るか、楽しみですね」

ふいときびすを返し、煙雨《えんう》の中を歩き始める。

「宿へ戻るのか」

「風呂入って寝直しますよ」

ついさっきまでギリギリの緊迫感の中で脅したり脅されたりしていたというのに、そんな事実などまるでなかったかのような何気《なにげ》なさである。

強盗男が捨て台詞《ぜりふ》的に吐いた「マジで、いかれてる」と言う声がふと思い出された。

……あながち的外れではないかもしれないな。

とりあえず、ここに突っ立ってても仕方ないので、彼の後ろについて歩く。

この町のアスファルト道路は、日頃きちんと整備されていないらしく、いたるところに亀裂《きれつ》やちょっとした陥没があった。今日のような雨が降れば、当然そこに泥水が溜まり、細かく底深い水溜りがまるで罠《わな》のように無数にできる。これが意外と厄介だった。水溜りを避けるため、道を右へ行ったり左へ行ったり不規則に蛇行しながら進む。

それまで俺たちはずっと無言だったのだが。

もうすぐ宿が見えてくるというところで、由良がぽつりとこぼした。

「どうして嘘をついたんです」

透明なビニール傘を透かして、視線がこちらに向けられたのが見えた。

「〝人から聞いて知っていた〟とでも〝アトリエをちらっと見てきた〟とでも……ヘタに隠し立てせず、軽く受け答えすればよかったんです。嘘なんかつくから、俺に付きまとわれて、挙句こんなことに巻きこまれるんですよ」

「なんの話だ」

「布施正道のことです」

予想していたにもかかわらず、その返答は俺にわずかならぬショックを与えた。

落ち着け、落ち着け、と自分に言い聞かせながら、さらに尋ねる。

「布施正道がどうした」

「まだしらばっくれますか。頑張りますね」

口元に笑みを浮かべながらも、目にはこちらの反応を探るような冷徹さがある。

「ハルさんは、あの定食屋で俺に布施正道の話を振られたとき、〝知らない〟〝名前と肩書きくらいしか分からない〟と言った。でも、そんなはずはないんです。だってハルさんは、宿についてまず真っ先に布施正道のアトリエに向かったじゃないですか」

「なんでそんなこと知ってる」

「ハルさんが布施正道のアトリエを遠目から眺めてるのと同じ時間、同じ場所に、俺もいたからですよ。ハルさんは気づいてなかったみたいだけど」

「いつ、どこだよ」

「黒い四駆がアトリエの前に停まって、田越と名乗る男がインターホンを押すところです。鉢合わせたハルさんは、物陰に隠れてそれを見てましたね。あれはいかんと思いますよ。現在進行形で疚《やま》しいことをしておりますと周囲に告知してるようなもんですから。通行人のフリをして通り過ぎればよかったのに。で、その前は、アトリエの周囲を巡って様子を窺っていた。そうでしょう」

「……どこから見てたんだか」

「まだ理由を並べないといけませんか」

俺は目を逸らした。「もういいよ」

坂道の真ん中で足を止めた。すかさず由良も足を止めた。

つま先を浸す水溜りを睨む。

スニーカーはもうグダグダに濡れていた。朝までには乾かないだろう。

舌打ちしたい気分だった。

「でも、言っとくがな、あいつは布施正道じゃないぜ」

「知ってます」

顔が引き攣《つ》りそうになるのを堪《こら》えるのには、かなりの精神力が要った。

俺を激しく動揺させていることに気づいているのかいないのか、由良は静かに切り出した。「先週発売された『美術の箱』という美術雑誌に、布施正道の記事が掲載されました。姓名と作品は布施正道だったけど、でも制作者として写真に写っている人物が布施正道ではなかった。布施正道ではない男が布施正道を名乗って堂々と作品を発表している——その事実に疑問を持ったので、真相を確かめるべく、俺はこの町に来たんです」

「俺も、同じだ。俺も、やっぱり『美術の箱』の最新号を見たんだ。それで、びっくりして……とにかくここまで来た」

黙りこむと、雨粒がビニール傘をぽろぽろと打つ音ばかりが響く。

迷ったが、やはり、問うてみることにする。

「あの男は、布施正道を名乗ってるあいつは、一体、何者だと思う?」

「さぁ」

「ホンモノの布施正道はどうしたんだろう? どこにいるんだろう?」

「さぁ」と繰り返して、由良は虚空《こくう》に目を向けた。しばし、何か思い巡らしているような横顔を見せるばかりだったが、不意に「手を組みましょう」と言った。

藪《やぶ》から棒であった。「は?」

「理由は各々違うにしろ、目的は同じ。俺もあんたも、今の布施正道がニセモノであるということを証明して、ホンモノの布施正道の消息を知りたい。そうですね」

「そ、うだけど」

「でも俺たちは、この町に馴染《なじ》みもなければ土地勘もない。完全にアウェーです。そんな中で何かを調べ上げようとするなら、一人で動くより二人で動いたほうが、きっと効率がいい。目的を同じくするあなたの存在は、俺にとっては好都合なんです。あんたにとっても俺の存在は好都合なはず。お互い、利用したりされたりすればいい。それで目的が達成されるなら安いもんでしょう」

「ちょっと待て。その話を進める前に、一つ、訊きたいことがある」俺は意を決し、体を四半回転させ、由良を真っ向から見据えた。「顔と名前と作品を知ってるということは、お前はホンモノと知り合いなんだよな」

「はい」

「どういう関係なんだ。どうして布施正道のためにこんなところまで来て、そうまでして真相を探ろうとする？　お前の動機はなんなんだ？」

「ごく個人的な事情です。一時的な関係しかない人間に語って聞かせるつもりはない」

そう来るか。

つい、苦虫を噛み潰したような顔になってしまう。「じゃあ俺も理由は教えない」

由良は喉《のど》の奥でククと笑った。「端ッから興味ないです」

「……いい性格してるよ、お前」

「で、どうします？　今この場でハッキリさせてください」

なんとまぁ偉そうな。

これほどまでに居《い》丈高《たけだか》な人間、見たことない。

だが、なぜだかは分からないが、不快ではなかった。心強いとさえ感じていた。

負けじという気持ちから、俺は睨むように由良を見据えた。

「乗った」

由良は満足そうに微笑《わら》った。

暗い色の布をするりとほどくと、きっちり巻きつけられた掛軸が現れた――正確を期すれば、それはいわゆる「掛軸」ではなく「掛軸のようなもの」であったが、名称が分からないのでとりあえず「掛軸」と呼ぶことにする。

手つきを見る限り、由良はこういった代物の扱いに慣れている様子だった。そこはやはり日本画科の学生であるからして。

紐《ひも》解いた掛軸の一端を押さえたまま、畳の上にそっと開く。

露わになった鮮やかな色彩で、宿の六畳間が明るくなったような気がした。

それまでダラッとあぐらをかいていたのが、思わず立膝になってしまった。身を乗り出し、掛軸に見入る。「……確かに、布施正道の作品で間違いないみたいだな。ムダに細かいコラージュといい、独特のパターン展開する唐草模様といい、この〈ブラッド・レッド〉といい」

掛軸を挟んで向かい合う由良が首をかしげた。「〈ブラッド・レッド〉？」

「ああ。布施正道作品には付き物の、この暗い赤のことを、事情通の間ではそう呼ぶらしい。誰が言い出したか知らないけど、乾いた血のような色だから〈ブラッド・レッド〉だと」

「へぇ……」

「しかも、キモい名前にお誂《あつら》え向きな、キモい噂つき」

「どんな？」

「〝この赤には、布施正道本人の血が混ぜられている〟っていう」

由良は少し眉をひそめた。「本人の血？」

おや。ビビらせてしまったかな。

「あくまで噂だよ、噂」俺は手をパタパタ振ってみせた。「なんつーか、比喩《ひゆ》みたいなもんだ。そんなことを思わせるくらいに変な赤だよな、ってことを言いたいんだよ。ほら、よく言うだろ、〝絵の具は絵描きの血液〟って。それの発展形と思えば、むしろ言い得て妙だよな」

「ハルさん個人は、その噂を聞いたとき、どう思いましたか」

「え？」

「布施正道と個人的に面識のあるハルさんは、その噂を聞いて、一瞬でも、真に受けたりはしませんでしたか」

「…………」

「布施正道という男は、自分の力作を彩る絵の具に自分の血を混ぜるくらいのことはするのではないか──なんて、ちらりとも、疑いませんでしたか」

なんだかよく分からないが、その問いを耳にしたとき、胸がざわついた。

これは、慎重に答えなければならない。

そんな気がした。

「……いや。疑わなかった。これっぽっちも」

「どうして」

「血を混ぜるためには、当然のことながら、自分の体のどこかを傷つけなきゃいけないよな。血を採るために」

「そうですね」

「布施正道は、皮膚を切る痛みを我慢してまで何かを成そうとするような男じゃない。そんな甲斐性《かいしょう》はない。そんなことしなきゃいけないくらいなら、筆を擱《お》くほうを選ぶだろうさ。絵を描くということに対して、信念も情熱もないヤツだからな。あの肩書き見るだけでも分かるだろ。ネオ・ミクストメディア・アブストラクト・クリエイター、だって……ふッ。つまり、絵じゃなくてもいいんだ。アーティストを気取れるなら表現媒体はなんでも構わないんだって、肩書きで表明してるようなもんだ」

「ふむ」と鼻を鳴らした由良は、立てた片膝に掌を重ね、顎をのせた。

「だいたいさ、売り物にするための絵に自分の血を塗りつけるなんて、そんなことする職業画家はいないだろ。絵の具を劣化させてしまうだろうし、全体の保存性も悪くなるだろうし、何より、そんな気味の悪いものに買い手なんか付かない」

「それは分かりませんよ。形式的な価値観だけで値段の付く代物じゃないでしょう。血で描かれている、という、ミステリーやホラーに小道具として登場しそうな不気味さが、セールスポイントの一つになるかもしれない」

「うーん、そうかなぁ。俺には理解できんけど……じゃあ、そう言うお前は、どう思うわけ？　絵描きとして答えてくれよ。自分の絵に自分の血を塗りつけたりする？　そんなことできる？」

　伏し目になった由良は、ふら、ふら、と上体を揺らした。

　そのつれづれとした仕種は、どこか子どもじみていた。

「普通は、しない、でしょうね」

「だろ」

　と、〈ブラッド・レッド〉に関する話題はこのくらいにして。

　それよりも、気になることがある。

「あのさ、訊くの怖いんだけど、訊いていいかな」

「はい」

「ここに描かれてるのって、〈スペードのクイーン〉……だよな」

由良は事もなげに「そうですよ」と言うが。

俺は信じられない気持ちで、改めて掛軸の絵を凝視した。

描かれている人物は、〈ブラッド・レッド〉で彩色された赤い花を一輪手に持つ、黒髪の女性。また、極彩色の背景に意匠化されて組みこまれているスーツは、間違いなく、スペード——

これが他の絵札なら、あるいは他のスーツなら、疑問には思わなかった。しかし、この掛軸の絵はどう見ても〈スペードのクイーン〉だ。

〈スペードのクイーン〉について、ニセ布施は誌上インタビューで「今あえて制作する必要があるとは思わないし、今後も制作する予定はありません」と述べていた。それなのに、当の〈スペードのクイーン〉が存在するというのは、一体どういうことだ。

「……今さらだけど、」俺は顔を上げ、由良を睨んだ。「これは、真作か？」

「もちろん」

「ホントに、ホントに、真作なのか？　布施正道の？」

「はい」

「でも、どうやって手に入れたんだ、これ、こんな……存在しないはずの代物を」

由良はニヤと笑った。「どうしてだと思います」

「知らねぇよ、だから訊いてるんだろ」

「一、買った。二、拾った。三、もらった。四、盗んだ。さて正解はどれでしょう」

この野郎。クイズなんかしている場合と心境じゃないってのに。

投げ遣りな気持ちで答えた。「お前の性格なら四番だろうな」

「ものすごい言われようだ。しかし、盗むと言っても、どうやって」

どうやってと言われると困る。「たとえば、アトリエに忍びこんで……いや、でも、あのでかいアトリエ、警備システムとかついてるだろうし、無理か」

「警備システムがついてるから盗めないということにはなりませんよ」

「ミもフタもねぇ」

「じゃ、こういうのはどうです。玄関のチャイムを押して真正面から訪問。美大在学中であることを活かし、学生証を提示しつつ有名な教授の名前を出して、現代社会におけるアブストラクトアートの役割についての論文作成のため取材に来ました、とかなんとか適当なことを言って家に上がりこみ、業界関連の話題で場をつないで油断を誘いつつ、家人の目を盗み、手近にあった掛軸をかっぱらって一目散に逃げる」

「うーん、それならありえそう、かな」

すると由良は「あはは」と笑いながら手をヒラヒラ振った。「ないない。アポも取ってない身元不明者をホイホイと家に上げるようなヤツは、月額安くもない警備システムを個人アトリエに導入したりしませんよ。だいたい、手近な場所に〈スペードのクイーン〉が放置されてるわけないでしょ」

なんかイライラしてきた。「こんなの時間の無駄だ」

「張り合いがないなァ」

「答え教えろよ」

「へいへい」俺に向かって指を三本立ててみせた。

「……まさか！」

最もありえないと思ったので、その可能性さえ考慮しなかった。

由良は小さくかぶりを振った。「嘘じゃないです。本当に、もらったんですよ。もちろん、ホンモノから」

「いつ」

「もう二年も前になるかな」

「なんで布施正道がお前に作品をプレゼントするんだよ」

「正確には、俺がもらったんじゃない。ある人に渡してくれと、布施正道から託されたんです。でもそのある人ってのが受け取りできない状態だったので、俺がずっと持ってたんです」

「誰だよ、その、ある人って」

「それはハルさんが知る必要のないことです」

こいつの拒絶の言葉っていちいち癇に障るよな。

俺には知る権利があるんだよ！――などと口走ってしまうと話がややこしくなることは請け合いなので、問い質したい気持ちをグッと押し殺す。

「もしも、これが真作だとして、」

「だから真作ですって」

「真作ならなおのこと、こいつが世に出たら、大変なことになるんじゃないか？　だって〈スペードのクイーン〉は制作者自らが公式の場で〝作ってないし、作らない〟と言い切った、いわば幻の作品だ。それが実存したとなると……ちょっとした事件だろう。なんか、厄介なことになるんじゃ」

「世に出さなければいいだけの話です」

一瞬、とんでもなく機知に富んだ提案を耳にしたような気がした。

しかしすぐに「いやいやいや」と思い直す。

思考をリセットさせるべく、俺は自分の頬をパンと一つ叩いた。

危うく納得するところだった。

「そういう問題じゃないだろ」

「じゃどういう問題ですか」

俺が言葉に詰まると、由良はちゃぶ台の上にあった二リットルのペットボトルを手に取り、自分のグラスに烏龍茶《ウーロンちゃ》をトポトポ注ぎ始めた。

「〈スペードのクイーン〉は、作られていないわけではなかったんです。布施正道は絵札十二種とジョーカー二種、全十四種、欠けずにちゃんと全部作ってたんですよ」

飲みますか、と訊くので、頷いた。

由良は俺のグラスにも烏龍茶を注いだ。

「それでもニセ布施が〈スペードのクイーン〉は作っていないと表明したのは、あいつが布施正道の名を乗っ取って作品を発表・売却し始めた段階で、すでに〈スペードのクイーン〉が欠けていたからでしょう」

「二年前、お前に贈られたせいで？」

頷きつつ、烏龍茶が満たされたグラスを俺に押しやる。

「つまり、ニセ布施がホンモノとすり替わったのは、ここ二年以内ということになります。ニセ布施が〈スペードのクイーン〉の存在を知っているのかいないのかは分かりません。どのみち、手元にないものを発表することはできない。だからこそ、権威のある美術雑誌のインタビューで、あんなもっともらしいことを言ってごまかした。あいつはあくまで替え玉。ホンモノに頼みでもしない限り、新たに作品を作ることはできない。でもああ言っとけば、〈スペードのクイーン〉が存在しないことは誰にも疑問に思われない。それどころか、アーティストのこだわりを伝えるエピソードとして業界通のあいだで語り継がれることになるかもしれない」

「そう、だな」

すり替わったのがここ二年以内、というのは間違いないだろう。

由良には言わないが、実は、俺も約二年前、布施正道に会っている。

母の再婚話が現実味を帯び始め、
日本ではないどこかを放浪することをぼんやりと思い描き、
いよいよ本格的に暑くなってきた、八月頭のことだった——

「だが、だからこそ、〈スペードのクイーン〉はニセ布施に対する切り札になるんです」

「え？」

いかん。

ちょっとボーッとしてしまった。

「俺がこの町に着いたのは、九日の夜遅く。ハルさんより半日ほど早いんです。それから俺は何をしていたと思います？」

「え、いや、知らん」

「実は答えはもう言っちゃってるんですけど」

烏龍茶の入ったグラスに口をつけつつ、「玄関のチャイムを押して真正面から訪問、じゃねーだろうな」

俺は極めて軽い気持ちで言ったのだが。

「ピンポーン」と由良は楽しげに頷いた。

ゴフッ。

噴き出された烏龍茶がちゃぶ台の上にボタタタと垂れた。

「十日朝、俺はあのアトリエを訪ねて、〈スペードのクイーン〉を見せつけながら、あなたが布施正道のニセモノである証拠を持っている、これを公にされたくなかったら話し合いの場を用意しろ、と言い置いてきました」

一気に錯綜《さくそう》を始める思考から適当な言葉を拾い上げられないまま口を虚しくパクパクさせている俺に、由良は乾いたタオルを投げて寄越した。

キャッチし損ねたタオルは敢無《あえな》く掛軸の上に落ちた。慌ててタオルを拾い上げ「じゃあ、まさか、さっきの男は強盗に来たんじゃなくて、」

「ニセ布施に雇われたかどうかという俺の質問に頷いていたでしょう。俺の脅迫材料である掛軸を奪って、話をなかったことにしようとしたんでしょうね。さすが、他人の作品を搾取するような人間はやり口がえげつない」

ふと嫌な予感がした。「お前、ビニールテープやらハサミやら、やけに用意がよかったけど……こうなることを予想してたんじゃないだろうな」

「まぁ、ある程度は」

顎の先から烏龍茶の滴をポタポタ垂らしつつ、俺は呆れて言葉も出ない。

「考え得る限り最も強硬な手段で掛軸を取りに来た、というこの反応こそが、相手が疚しいことをしているということの何よりの証明になります。たとえば、ホンモノに顔を公にできない事情があったから影武者を立てた、とか、そういう正当な理由があれば、あんなに焦る必要はないんですから」

「………」

「ハルさん、聞いてます？」

「……聞いてるよ」

もう、溜め息しか出ない。

急にドッと疲れが押し寄せてきた。ガクリと俯いた俺は、手にしたタオルで意味なく念入りに顔を拭った。「バカだろ、お前」

「かもしんない」

「ムチャクチャだよ」

「手段なんか選んでられませんから」

僧侶のような静謐《せいひつ》さで、恐ろしいことをさらりと言う。


雨音が聞こえたから目を覚ましたのか、目が覚めたから雨音が聞こえるのか。

朝になっても雨は鬱陶《うつとう》しく降り続けていた。室内は黄昏時《たそがれどき》のように薄暗い。枕元に置いた腕時計を手に取って見ると、九時ちょっと前だった。寝すぎたな、と思いつつ体を起こした途端、みぞおちに刺すような痛みが走った。

「いてて？」

手で腹をさすってみる。やはり胃のあたりに、チクチクというかヒリヒリというか、とにかく不快感がある。傷んだものを食べた覚えはないし、日頃のストレスが胃に来たのだろうか。空腹であることも手伝って、なんだか胃壁に穴が開きそうな勢いだ。

昨夜の酒が残っているせいか体もどことなく重く、食欲が湧かなかったが、でも何も食べないというのもよくないだろうと思ったので、のろのろと廊下に出て、共用冷蔵庫から牛乳パックを取り出した。昨日、雑貨店に行ったとき、ついでに買っておいたものだ。付属のストローをパックにぶっ刺しながら「買っといてよかった」と、ひとりごちる。牛乳って胃痛によさそうな気がする。なんとなく。胃壁に膜を張る的なイメージで。

昨夜ねうが届けてくれた紙袋の中には、個包装されたマドレーヌやらパウンドケーキやらといった焼菓子が無秩序に入っていた。全部食べればいい腹ごしらえになりそうだ。というわけで、牛乳と一緒にもこもこ食す。

あらかた食べ終えたところで、由良がふすまを開けて部屋に入ってきた。

「どこ行ってたんだ」

「一階にいましたよ。台所借りて朝飯作って、食ってました」

「なんだ、台所借りれるのか、この宿」

「いえ、俺が申し出たんです、宿の女将さんに。もしよければ今日は俺が朝食をみなさんの分作りましょうか、と。そしたら女将さんは快く台所を明け渡してくれたんですが、いつの間にか近所のおばさんとかもぞくぞくと集まっちゃって、ちょっとした宴会みたいになってきまして。最終的には、台所にあった一番でかい鍋《なべ》で味噌汁を作ることになってしまったんですが」

若くて綺麗な男が手作りの朝食を振舞うってんだから、そりゃ、有閑な奥さま方は集まってくるだろうさ。

「このマダムキラーが。昼ドラの中へ帰れ。俺が子どもからもらったお菓子で食いつないでいるってときに」

「俺だって別に奥さま方にちやほやされたくてそんなことしたんじゃないですよ」

「あ?」

「いろいろ面白い話が聞けました。あのアトリエに入り浸ってるのは、ニセ布施だけ。家族や助手らしき人の出入りはないとのこと。それと、昨日、アトリエまでニセ布施を迎えに来ていた男が田越と名乗っていたこと、覚えてますか。あれはツルミ画廊の担当者だそうです。アトリエには、事あるごとに顔を出してるみたいですね」

「ツルミ……」

「そこで布施正道の作品を一手に引き受けているという話です。ギャラリーそのものは東京にありますが、ニセ布施のために、わざわざここまで通ってきてるんですね。なかなか、マメというか」

「そうだな」

いや。待てよ。

制作者が入れ替わっているという大胆かつ深刻な事態に、頻繁に個人的接触のあるブローカーが気づいていないということはないだろう。気づいている上で円滑な関係を維持しているとなれば、ツルミ画廊とニセ布施とは、秘密を共有している、つるんでいる、ということになるんじゃないか。

ということを由良に言ってみると、

「まぁそういうことになるでしょう」

さらりと答えやがった。

話が大きくなってきた気がして、俺はひそかに身震いする。

しかし、由良には特に焦りの色が見られない。

「ツルミ画廊は、先頃、先代のオーナーが亡くなったそうです。ガンか何か、病気で。今のオーナーは二代目ですね。で、その二代目になってから、商売のやり方が少し変わってきたんだとか。極端に実益的な方向に。まぁ、よくある話ですけど」

「つまり、ニセモノを立てて絵を売るなんて非常識なことも辞さない方向に？」

「そういうことです」

「なるほどね……っていうか、あのさ、ごめん、話の腰折るようで悪いけど。なんで近所のオバサンが、そんな情報握ってんの？」

「アトリエには、週一くらいのペースで雇いのハウスキーパーが来るそうです。そのハウスキーパーってのが、組合所属とかじゃなくて、単にこの近所のオバサンらしくて。で、情報がちょくちょく流出しているみたいだ。まぁ、ハウスキーパー本人は、外に出しても問題ないと思われる情報だけ流してるんだろうけど」

「家政婦は見た、ってか」

「オバサマネットワークは恐ろしいですね。ちなみに俺は、これだけの情報を聞き出すためだけに、好みの女性のタイプを洗いざらい白状させられ、菊の栽培がいかに苦労の連続かを説かれ、梅酒と梅ジャムの作り方を延々とレクチャーされたんですが」

彼にしては珍しく憔悴《しょうすい》した面持ちでそんなことを言うので、思わず「お疲れさん」と労ってしまった。

午前はあっという間に過ぎ去った。正午も何事もなく終わった。そして、一階廊下の柱時計が一時を告げた頃、我慢の限界に来た俺は由良の部屋に乗りこんだ。手の届くところに掛軸を置きつつも、二つ折りにした座布団を枕にごろりと寝そべった由良は、悠々と文庫本を読んでいた。

そのくつろいだ姿にまたイラッと来る。「あのさぁ！」

「はい？」

「この退屈な時間はなんだ⁉　こんなのんびりしてていいのかよ⁉」

「いいも悪いも、あちらが動かないことには」

ぺら、とマイペースにページをめくる。

「お前はそう言ってまったり構えてるけど、本当に接触してくるのか？　俺たちここでボーッとしてていいわけ？　こっちから乗りこんでいけば済む話じゃない？」

「そんなに焦ってどうするんです」

「いきなり訪ねて行って、不意打ち喰らわしてやればいいじゃん」

「不意打ちは昨日もうやっちゃってますんで。今日は、巌流島《がんりゅうじま》作戦です」

「それで言うと佐々木小次郎は俺らのほうじゃないのか」

「あはは」と、ここでようやく文庫本を置き、身を起こす。「大丈夫。来ますよ。来てくれないとこっちも困るけど、きっとあっちはもっと困る」

「…………」

「まだ十三時ですよ。一日は長いんだし、これからですよ。今は待機待機」

腑《ふ》に落ちない気持ちのまま、ふすまに手をかけ、部屋を出ようとしたとき。

由良が、半ば独り言のように言った。「もちろん、ホントに来なさそうだと判断したときは、こちらから攻めて出ます。中途半端にはしません。ちゃんと決着はつけます、今日のうちに。早く終わらせてしまいたいと思ってるのはハルさんだけじゃないんです。俺だってさっさと全部終わらせて、十二日には家に着いていたい」

体を半分廊下に出した状態で、俺は室内を顧みた。「どうして」
ちゃぶ台に頬杖をつく由良は「まぁいろいろあるんです」と素っ気無く返した。
あー、ほら、出たよ出たよ、また、秘密主義が。

別に根掘り葉掘り訊きたいってわけではないが、伏せられてる情報があまりに多いと、ストレスが溜まってしまう。とは言えあちらの情報を引き出すのは容易ではないだろうし、それにたぶん、情報を引き出すためには、代償として俺のほうの秘密を露呈しなくてはならなくなる。それは御免だった。だから結局、現状に甘んじる、という結論に落ち着く。

それにしたって、これ以上室内にこもってたら、膨張しきったイライラが破裂して暴れてしまいそうだ。

俺はドカドカと足音も高く廊下を突き進んだ。

背後から声が追いかけてくる。「どこへ?」

「向かいの店。なんか食うもの買ってくる。腹減ったから」

スニーカーがまだだいぶ湿っていたので、宿のサンダルを借りた。

目当ての雑貨店は、宿の斜向かい。走れば十秒もかからないところにある。雨は小降りになっていたし、いちいち傘を差すのも面倒なので、財布以外は何も持たず、店に駆けこんだ。

カップラーメンとペットボトル飲料を購入し、雑貨店を出たところで、道の向こうからこちらへふらふらと歩いてくる赤い傘を発見した。

「ねう?」

店の軒先から呼びかけると、長靴を履いた彼女は、足もとの水をパシャパシャ跳ね上げながら、こちらに向かってきた。

「昨日はお菓子ありがとうな……って、どうした？」

傘を放り投げて俺にしがみついた彼女が、今にも泣き出しそうな顔をしていたのだ。

「シンタロウ、どっか行っちゃった」

「え、またァ？」

「気をつけてたのに、でもドアを開けたときに、隙間からピューッて逃げちゃって、追いかけてきたんだけど、このへんで分かんなくなっちゃった」と、項垂《うなだ》れる。「どうして逃げるのかな。ねぇ、どうしてだと思う？　シンタロウは私のこと嫌い？」

「うーん、いや、そういうわけでもないんじゃないかな。猫だし、まだ子どもだし、外に飛び出すのが本能だったりするのかも。いや、ごめん、俺も猫飼ったことないからよく分かんないけど」

猫を飼ったことのない俺に言わせてみれば、猫がひとりで外を出歩くことにそれほど神経質にならなくてもいいのでは、とも思うのだが――でも、雨降ってるし、シンタロウはまだかなり小さいから、心配になる気持ちも分かる。何より、ねうの居ても立ってもいられないという様子が、気の毒だった。

「じゃあ、俺もシンタロウ捜すの手伝ってやるから」

「そんな、悪いわ」

こういう言い回しは一体どこで覚えてくるんだろうな。

「いいから。だから、ほら、傘拾って」

買った食料を置くため、そして傘を手にするため、一旦、宿に戻る。

立て付けの悪い戸をガタピシ開けると、由良が上がり框《かまち》にどっかり腰かけていたのでちょっと驚く。彼は、濡れそぼった毛玉を掌にのせて、タオルでぱふぱふと水気を拭っていた。

「あれ？　それ、シンタロウ？」

「は？」

俺の声を聞きつけて、背後に立っていたねうが、三和土《たたき》に転がりこんだ。

由良の手元を覗きこんで、「ホントだ！」と破顔する。

「シンタロウっていうんですか、この猫」

「そうそう。なーんだ、捕まえてくれたのか」

「たった今ここで拾ったんです。俺も腹減ったんで何か買ってこようと思って、下りたところで。ハルさん、その戸、ちゃんと閉めていかなかったんでしょ。隙間から忍びこんできたみたいですね。シンガプーラが野良になるってことはまずないだろうから、どこかの飼い猫だろうと思って」

「そう!」ねうが飛び跳ねるように頷いた。「そうそう、そうなの、シンガプーラ、シンガプーラ」

「って、品種?」

「そうです」

「へぇー。しかし、こいつ、ずいぶん大人しくしてるな。昨日とは大違いだ。お前、猫が大人しくなるツボでも押さえてるのか?」

由良は、意味が分からないと言いたげに眉をひそめた。

「いや、こいつ、昨日もねうのところから脱走してさ。ホントすごい半狂乱で逃げ回ってたんだぜ。降りられないくせに木に登ったりして、それで俺が降ろしてやったんだけど、噛みついてきたし」と、昨日シンタロウに噛みつかれた跡を見せる。指の側面に、小さな点が二ヵ所、赤く残っているのだ。

「ふーん」由良は少し思案げな顔をすると、「シンタロウは最近もらわれてきたの?」と、ねうに尋ねた。

「先週うちに来たの」

「あれ。そんな最近だったのか。じゃあホントに来たばっかりなんだな」

由良は「なるほどね」と頷いた。「シンタロウは、きっと怖がってるんだ。だから逃げたり噛みついたりするんだ」

ねうは不本意だと言わんばかりに口を尖らせた。「私、シンタロウの怖いことなんかしてないよ」

「自分に置き換えて考えてごらん。ねうちゃんだって、おうちの人と引き離されて全然知らない人のところに住むことになったら、怖いだろ」

「かも、しれないけど、」由良をしかと見据える。「でもこれには何かワケがあるんだろう、って思うもん。だから別に怖くないもん」

うわ、強いなこの子。いろんな意味で。

由良は鷹揚《おうよう》に頷いた。「ねうちゃんは賢いし強いから、そうかもね。でもシンタロウは生まれてほんの何ヶ月かしか経ってないんだ。この世界のことなんかまだ何も分からない。それなのに、あったかいお母さんやきょうだいから引き離されて、知らない人のところに無理やり連れてこられた。それでも怖くないと思う？」

それを聞いて、ねうは棘《とげ》が刺さったような顔をした。

おいおいおいおい。ペットを飼えて喜ぶ子どもになんてことを言うんだ。トラウマになっちまうぞ。由良がこれ以上キツいことを言い出す前に、俺が抑えなきゃ――と

思っていた矢先、

「だから」と由良が穏やかに続けた。「ねうちゃんは、シンタロウのお母さんやきょうだいの代わりになって、シンタロウを守って、大事にしてあげなきゃいけない。今いる家は怖いところではないと、安全で温かいところなのだと、教えてあげなきゃいけない。シンタロウがお母さんのところにいたときと同じくらいに、いやそれ以上に、幸せにしてあげなきゃいけないんだ。十年、あるいは二十年、ずっと、シンタロウが天寿を全うするまで、絶え間なく。それが生き物を飼うってことだよ。分かるよね」

そして、シンタロウをタオルごと、ねうに渡す。

ねうは壊れ物を預かるような慎重さでこれを受け取り、「うん」と強く頷いた。

あら。なんかいいカンジに丸く収まったじゃないか。

俺はホッと息を吐いた。「ヒヤヒヤした」

上がり框から腰を上げた由良が首をかしげる。「どうして」

「子どもにまで容赦ないこと言うんじゃないかって。お前って、どうにもスパルタだからな」

「そんなことない。過保護ですよ、俺は。というわけで、掛軸、俺の部屋に置きっ放しにしてありますんで、俺が帰ってくるまで見ててもらえますか」

そう言って、由良はスタスタと外へ出ていった。

ぴちりと閉められた玄関の戸を、なんとなく、ぼんやり眺める。

よく分からないヤツだな、あいつは。今さらだけど。

血が通ってるのかどうか疑わしくなるほど冷淡な面を見せたかと思えば、こうして情の深いところも見せる。由無《よしな》し事《ごと》には一切の興味関心を示さないようでいて、ときどき、他愛のないことにひどく真摯《しんし》になったりする。

改めて疑問に思う。あいつ、どうして布施正道を追っているのだろう。あの布施正道と、一体どういう関係だったんだ……

そうして、しばし、ぼんやりしていたら——ガッと噛みつかれた。隣に立っていたねうに。肘の下あたりを。

「いだいッ!?」

驚きと痛みで身をよじる。このとき俺は上着を羽織っていなかったから、当然、腕は剥《む》き出しだ。そこを狙われた。油断した。

健康な歯を持つ成人の場合、歯を食いしばると、奥歯には六十キロ以上もの力が加わる——と、美術解剖学か何かの授業で聞いた。人体において顎の力は相当なもんなのである。たとえ子どもであってもそれは同じ。で、重ねて述べるが、俺は今、全力で噛みつかれている。

「いだだだ！　マジで痛い！　離せ離せ！」

どうにかして今すぐ引き離したいが、俺みたいのが本気出して腕を振り回したら、ねうなんかふっ飛ばしてしまうだろうから、加減が難しいところだった。

今回は、手にシンタロウを包んでいるためか、ねうはあっさりと離れてくれた。

俺は慌てて後退《あとずさ》り、涙目でねうを見下ろした。「なんなんだ、なぜ噛む！」

「ハルくんの腕がおいしそうだったから」

またか。またなのか。これは、もう、あれだ。ちゃんと、ビシッと、言って聞かせねばなるまい。この悪癖が彼女の人生に重大な問題をもたらす前に。

さっきまで由良が腰かけていた上がり框に、今度は俺が腰かけ、目の高さをねうとほぼ同じにして、説き聞かせるような口調を心がけながら、言う。

「ダメ。おいしそうと思うたびに噛みついたらダメ。迷惑。ホント痛いし」

「ごめんなさい」

さっき由良に返したときのような利発な反論があるかと思いきや、素直に謝られてしまったので、ちょっと拍子抜けだ。何かこう、確固たる信念があって噛みついていたわけではないのか？　分からないな。子どもっつーのは現代アートなんか足もとにも及ばないくらい複雑怪奇だ。

ねうの手の中のシンタロウが、ギャオーと退屈そうに鳴いた。

広げたままで置いてあった赤い傘を拾い上げ、ねうは雨降りしきる外へ出た。

「ハルくん、この町にはまだいるの？」

「え？　ああ」

「そう！」にっこりと嬉しそうに笑う。「じゃあ、またね！」

と、去っていく。

宿の薄暗い玄関に一人ぽつんと取り残された俺は、とりあえず、おいしそうと評された自分の腕を、ぐるりと眺め回してみた。うーん。強いて言うなら手羽先ってとこか。でも、おいしそうではないと思うんだがなぁ。

そしてふと由良の言ったことを思い出す。

――きっと怖がってるんだ。だから逃げたり噛みついたりするんだ。

もしかして、ねうも？　やはり一人で過ごすのは寂しいのだろうか？……と穿ってみたが、すぐに「いやいや」と思い直した。人と猫は違う。こんなふうに考えるのは短絡的すぎる。しょうもないこと考えてカロリーを消費するより、さっさと腹ごしらえをしよう。

オバチャンにお湯だけもらって、自室にてカップラーメンをもそもそと食べた。その後、することがないので、充電器につないだままの携帯電話でいじいじとネットした。画像検索で出てきた布施正道作品を、特に『Jカード』を重点的に、片っ端から見ていって――一つ、気づいたことがあった。

由良の部屋に移動する。

彼は相変わらず寝そべって文庫本を読んでいた。

「その〈スペードのクイーン〉、もう一回、見せてくれよ」

由良の表情の上を、一瞬、訝《いぶか》しむような色がかすめたが。

すぐに「いいですよ」と身を起こし、ちゃぶ台に文庫本を伏せた。

掛軸を紐解き、昨夜と同じように、畳の上にそっと開く。けばけばしいまでに鮮やかな色彩が露わになる。傍らに膝をついた俺は身を乗り出し、〈スペードのクイーン〉を凝視した。

やはり。

「ここに描かれているのは、芸者とか花魁とかじゃないよな、どう見ても」

発表済の三種のクイーンは、艶っぽい大人の女、直裁《ちょくさい》に言えば「玄人《くろうと》」として表現されていた。しかし目の前にあるこの〈スペードのクイーン〉は、長い黒髪を結うことなく垂らし、襟もピシッと合わせた若い娘。少女と言ってもいいだろう。他のクイーンとは見た目も雰囲気も明らかに異なる。

「スペードだけ様子が違うってのは、何か意味があるのかな」

「そうですね、考えてみたことなかったけど」名探偵のように顎に手を当て、うーんと短く唸る。「トランプの絵札に描かれた人物像には、それぞれにモデルがいる、という説があるんですが」

「どういう意味？」

「〈スペードのキング〉はダビデ王、〈クラブのキング〉はアレキサンダー大王、〈ハートのキング〉はカール大帝、といったふうに、絵札十二枚それぞれには、実在の、あるいは伝説上の人物が、モデルとして存在するんだとか」

「へ？　そうなの？　絵札の絵って全部違うの？」

「一枚一枚、かなり違いますよ。同じキングでも、ハートだけ鼻の下のヒゲがなかったり、ダイヤだけ横を向いてたり——っていうか、ハルさん、あんた、デザイン科でしょうが。気づきましょうよ、それくらいは」

「俺はグラフィックじゃないから。インダストリアルだから」

「へぇ。ずいぶん生半可《なまはんか》な気持ちでデザインに取り組んでるんですね」

ほら、超キッツい。

「……俺の感性のお粗末さはどうでもいいよ。で？　それとこれとどう関係あるんだ」

由良はふうと一つ息を吐いて、あぐらをかいた。「〈スペードのクイーン〉のモデルは、パラス・アテナと言われてます」

「へぇ……ああ、そうか。つまり〈スペードのクイーン〉はアテナで、つまり処女神だから、遊女ってわけには行かなかった、ゆえにこんな娘っ子として描いた、と？」

「あくまで仮説ですが」

「いや、納得できる。ただ一つ穴があるとすれば、あの布施正道がそこまで細かいこと考えるかなァ、ってことくらいだな」

「逆に、偶然だったら、それはそれですごいと思いますけど」

「まぁそうだけどさ」

そこで俺は口を閉じたが。

実は、俺は俺なりに、もう一つ仮説を立てていた。それは——「この作品を贈るつもりだった相手」への配慮なのではないか、ということ。つまり、由良が言うところの「ある人」が関係しているのではないか、ということである。由良曰く「受け取りできない状態にあったため」くだんの品を手にしていない〈スペードのクイーン〉本来の所有者。〈スペードのクイーン〉が孕《はら》む謎は、布施正道が「ある人」の存在を念頭に置いたアレゴリー、あるいはメッセージ、なんじゃないだろうか……と、それを今ここでサジェストしたところで、由良が「ある人」に関する情報を開示するとは思えない。解はもたらされない。だから、あえて口に出しはしないが。

さて。

俺の思惑を知ってか知らずか、由良はやんわりと苦笑してみせる。

「創作者の意図を理解するってのは難しいですね」

ホントにね。

俺もお前の考えてることはよう分からんよ。

と、そのとき、階下から俺を呼ぶオバチャンの声がした。

「なんだろう」

返事をしながら腰を上げ、部屋を出て、ギシギシ軋《きし》む階段を下りる。

いつも通り帳場に座っているオバチャンが、受話器を差し出してきた。

「お電話ですよ」

そう言われた時点でいやな予感がした。

今この宿に俺が泊まっていることを知っている人間などいないはずなのに。

「誰です？」

俺の表情が険しくなったのを見て、オバチャンは怪訝《けげん》そうな顔をする。

「小さな女の子みたいですけど」

俺がここに泊まってることを知ってる「小さい女の子」っつったら――

オバチャンに礼を言って受話器を受け取る。「もしもし」

『ハルくん』

やはり、ねうだった。なーんだ。ホッと胸を撫《な》で下ろす。そして、ねうのしょんぼりした声が気にかかった。「どうした、またシンタロウがどっか行ったか？」

『お隣さんがね』

「え？」

ぐす、と洟《はな》をすする音。

泣いてるのか？

『お隣さんが、宿のお兄さんたちに電話して、アトリエに来てって言ってちょうだいって。そしたらシンタロウ返してあげるって。お母さんや他の人には言っちゃダメだって。ねぇハルくん、どうしよう、どうしたらいい？……』

「分かった。家で待ってろ。すぐなんとかするから……待ってろよ、いいな！」

受話器を叩きつけるように置いた俺は、泡喰って二階に駆け上がった。

「どうするんだ」

「と言うと？」

「作戦はあるんだよな？」

「あると言えばある」

「なんだよそれ。まさか無計画ってわけじゃないよな？」

「ないことはない」

「掛軸を楯《たて》に取るのか？　燃やすぞ！とか言って脅す、とか」

「それも面白いでしょうけどね」

「とりあえずもう少し様子を見る、とか」

「様子見はもう充分したでしょ」

「加勢を呼ぶ、とか……」

「どこに加勢してくれる人がいるんです」

「じゃあ、窓から侵入して、背後をつく？」

「犯罪者になりたいんですか」

「ならどうすんだよ、ホントに！」

「正解は、」と足を止める。

俺たちの目の前にあるのは、白黒の大きなアトリエ。

由良は傘を持つ手で掛軸を抱え、空いた腕を伸ばし、インターホンを躊躇いもなく押した。機械的なチャイムの音が雨音を遮って高く響く。

「正々堂々、正面突破」

自分の顔面が引き攣るのが分かった。

対照的に、由良の顔はニヤニヤと緩んでいる。「俺たちはあちらからの招きを受けたんだから、正面から訪ねていくことに問題はないはずです」

俺は何も言い返すことができない。

チャイムの残響も消える。雨音ばかりが支配する沈黙がやけに長く感じられた。実質は一分もなかったと思うのだが。

やがて、黒光りする玄関のドアが開いた。姿を現したのは、田越と名乗っていた画廊の男だった。まともに顔を見るのは今が初めてだ。いわゆる童顔《どうがん》なのだが、ぴたっと撫で付けたツヤツヤと硬そうな髪はやけにオッサン臭くて、どうにも年齢不詳。

由良は「どーも」と軽薄に挨拶した。

田越は、目礼しながらも、由良の抱えている掛軸を確認したようだった。自身も傘を広げ、玄関ポーチから出る。

「こちらへどうぞ」

ガレージを横切り、アトリエの横手に回る。室内へ案内する気はないようだ。

俺たちは田越の後について歩いた。

濡れた芝生を踏みしめる音が淡々と続く。

由良が「そういえば」と世間話口調で切り出した。

「昨日の晩、宿までお使いに来てくれたあの方は、どうしてますか」

背を向けているので表情は分からないものの、どこかムスッとした声で田越は答えた。「誰のことでしょう」

「あの不憫な雇われ強盗です。わざわざナイフまで持って部屋に侵入してきてくれたのに、半泣きにして追い返してしまったので、今頃どうしてるかな、バイト代はちゃんともらえたかな、と、ちょっと気になりまして」

「分かりかねます、意味が」

「写メ見ます？　昨日撮っておいたんです、記念に」

田越は歩みを止めた。

体を半分だけこちらに向ける。

「彼を送りこんだのは先生の独断だったのです。我々も、後から聞かされて驚いたくらいです」

「はぁ」

「先生は、突然現れたあなたの言動にひどく驚いて、動揺しておいでです。もともと繊細な方ですので、ちょっとしたことでパニックになってしまわれる。それで思い余って、あんなチンピラまがいの男を雇ってしまったのでしょう。冷静な判断を下せる状態にない人間がしたことであるということだけは、分かっていただきたい」

低姿勢なようでいて、手前の非は認めていない。言い訳を並べているようで、暗に、そもそもはお前らのせいだからね？　と言っている。

……これは、どうにも、捗々《はかばか》しくは行かなさそうだな。

由良はことんと首をかしげた。「我々、と言いましたね、今」

「は？」

「複数形ってことは、この件に関して、あなた以外にも画廊の人間がかかわってる、ということになりますね。もしかして、今日ここにもすでに来てますか？」

それには田越は答えず、再び芝生をサクサク踏んで歩き出した。

やがて辿り着いたアトリエの裏手は庭になっており、母屋からテラスが広がっていた。十畳ほどもあるだろうか。

テラスの一部を覆うシェードの下には、二人の男女がいた。男は、布施正道を名乗っているあの小柄な男。何事かをブツブツ呟きながら、円形の折りたたみテーブルの周囲をいかにも神経質そうにウロついている。ベランダの戸の前に立つ女は、そんな男を腕組みして見据えていた。黒いフレームのほっそりした眼鏡をかけた横顔は、いかにも理知的だった。

俺たちが近づいていくと、当然、二人の視線はこちらに向けられた。

……ああ。まさか、ホントに直接対面することになるなんて。

なんでこんなことになってしまったんだろう。よく分からない。

二段ばかりのステップを踏んでテラスへ上がると、胃がピリピリ痛み始めた。

外部へ発散されることのないストレスは、きっと力の入りやすい胃の腑に蓄積されるのだろう。

田越に続いて、俺と由良が傘を閉じ、シェードの中に入ったとき。

「ハルくん」

かすかな声がした。はたと振り返る。裏の駐車場との境になっている生垣をかき分けて、小さな人影が躍り出てきた。

その瞬間だけは胃の痛みも吹き飛んで、俺は思わずシェードから出た。「ねう」

ねうはテラスに駆け上がると、俺に飛びついてきた。

俺はその体に雨が降りかからないよう、少し屈んだ。「ごめんな、巻きこんで」

ねうは俺を見上げて「え？」と首をかしげた。

「俺たちのせいで――」

背後で、由良が冷笑する気配がした。「それは違う」

この場のすべての視線が、由良に集まった。

しかし一切動じることなく、由良はあの有無を言わせぬ態度で言い放った。

「俺たちがニセ布施の周囲をうろついて回ることと、ニセ布施が無抵抗な子どもから可愛いペットを取り上げることの間に、因果関係はない。だからあんたが謝る必要はない」

「何を言ってやがる。こ、この、泥棒野郎が、てめぇのことは棚に上げて、よくもぬけぬけと、大嘘つきやがって」

口を開いたのは、ニセ布施、と言い切られてしまった男だった。語調は恫喝《どうかつ》に近いものだったが、声が小さく、口ごもっているようで聞き取りにくい。痩せた体を守るように硬く腕組みしているが、肩や膝が細かく震えており、見ていると痛々しいほどだった。

田越が「先生」と小さく声をかけた。嗜《たしな》める調子だった。

しかし、目を血走らせるニセ布施の口は止まらず。「この俺が布施正道ではないという証拠だと、人を悪者扱いしてそんなに楽しいか、猫くらいで大騒ぎしやがって、このガキども」

「先生、落ち着いて」

「俺は落ち着いてる！　お前こそ落ち着いたらどうだ、騙されるんじゃないぞ、このガキども、俺をハメようとしてるだけなんだから、俺は分かってる、全部分かってるんだからな！」そしてニセ布施は、媚《こ》びる目で眼鏡の女を顧みた。「ねぇ、鶴見《つるみ》さん。鶴見さんからも言ってやってくださいよ。お前らの脅しには屈しないぞって。バカにするのも大概にしろよって」

ここで、女のおおよその素性が知れた。姓からしてツルミ画廊のオーナー筋か。

鶴見と呼ばれた女は、しかし、口を閉ざしたままだった。

クラシックなラインのワンピースに、レディメイドではないに違いない仕立てのよさそうなジャケット。隙なく化粧されていて女優のように美しいが、取っ付きにくい雰囲気がある。おばさんと呼ぶにはまだ早そうだが、どうだろう、女性の年齢は見た目では分からない。

「いるんだよ、いつの世にも、お前らみたいな恥知らずが。アートのなんたるかも分かってないくせに、知識をちょっと齧《かじ》っただけで分かったような気になって、揚げ足ばっかり取るバカどもが。分からないなら黙ってろっていうんだ。俺は別にお前らなんかのために描いてるんじゃ……」

「先生」と田越がニセ布施に歩み寄る。「あまり興奮されては」

しかしニセ布施は、唸《うな》り声のような文句を垂れることをやめない。

ねうはすっかり怯えてしまい、俺の陰に隠れて上着を握っていた。

田越は小声で何か囁《ささや》きながら、ニセ布施の背をやんわりと押し、あくまで自然に、室内へ誘導していった。

ぱたん、とベランダのガラス戸が閉ざされる。

ニセ布施、退場。

「ごめんなさいね」と眼鏡の女が呟いた。うっすらと微笑んでさえいた。「寛容に捉えていただける？　繊細な方なのよ」

物は言い様だな。

由良は軽く頷いた。「だからこそお守りが一人も来てるんでしょう」

おっかないオッサンがいなくなったことで、自らが直面している問題を思い出したのか、ねうがおずおずと小さな声で言った。「シンタロウは？」

「そうだ、この子の猫は」

「知らないわ」

「何？」

「まだそのへんに隠れてるんじゃないかしら。さっき見かけたから。捜せば出てくるわ、きっと」

「……騙したのか、子どもを⁉」思わず詰め寄りそうになる。

が、由良に肩を掴まれ、抑えられた。

「失礼ですが、もしかしてあなたは、ツルミ画廊のオーナーさんでは？」

すると女はわずかに口角を上げた。「そういうことになっております」

驚いた。

宿の近所のオバサマネットワークによると、確か、ツルミ画廊は先代オーナーが先頃亡くなって、今は二代目が継いでいるのだとか。で、その二代目になってから、商売のやり方が変わったとかなんとか――

まさか、例の二代目オーナーが、女性だったとは。

しかもその当人が、まさかこの場に現れるとは。

しかし由良は一寸も動じることなく。「そうですか。やはり。しかしまさか、こんなに若くて綺麗な女性だったとは」

「あら。ありがとう。でも褒めても何も出ません」

「いえ。本当に意外で。堂々とインチキ商売をしている画廊主さんというのは、きっと狸《たぬき》か狐《きつね》みたいなオッサンだろうと思っていたので。あなたみたいな人なら、もっと他にいろいろと楽しみを見つけられるでしょうに。世も末ですね」

……おお、ニコリともせず真顔で言ったぞ。

傍らで聞いている俺のほうが萎縮してしまう。

対する鶴見オーナーは、口元を押さえて「うふふ」と笑った。「私も意外に思っています。地方のアトリエにまでわざわざ乗りこんで因縁つけてきたのが、こんな可愛い男の子たちだったなんて。でも、そういうことを恥ずかしげもなくできるのが、若さなのかもしれませんね」

こちらも然る者であった。

空気にピリピリしたものが混じり始め、急激に不快指数が上がっていく。

この二人、混ぜたらキケン、なんじゃないか？……

と、ここで、ベランダのガラス戸が開いた。

テラスに再び出てきたのは、田越だけだった。「失礼しました」

由良が「いえ」と平坦に応じる。

「布施先生は席を外されますが、それでもよければ」

「いいですよ」

「それで、ええっと……あなたは、今は隣の部屋にいるあの布施正道さんがニセモノであるという証拠を持っている、とのことでしたね。あるはずのない〈スペードのクイーン〉を所持している、と」

「ええ」

「もしよければ、その〈スペードのクイーン〉を見せていただけますか、今ここで」

一つ頷いた由良は、抱えていた掛軸の紐を解き、慎重に広げた。陽光の遮られた曇《どん》天《てん》の下にあっても、〈スペードのクイーン〉は輝くように色鮮やかだった。

目の当たりにした画廊二名の目つきが険しくなった。

遠目ながら、しばし、じっくりと眺める。

やがて、田越が注意深く言った。「どうやって手に入れたんです」

「ホンモノの布施正道からもらい受けました」

「その証拠は」

「証拠？」

「あなたが言っていることは真っ赤な嘘で、その〈スペードのクイーン〉も、あなたが作ったものかもしれない」

「布施正道の専属画廊が、実物を目の前にして真贋《しんがん》の見分けもつかないんですか」

田越は目に見えて鼻白《はなじろ》んだ。「そういうことではなくてですね」

由良はううんと唸った。「まぁ確かに、俺の言い分以外、証拠と言えるようなものは何もありません」

「だったら、」

「鑑定に出せばいい」

「鑑定？」

「そう」

「鑑定ならこちらで……」

由良は「いやいや、美術関係者による真贋鑑定ではなく」と首を横に振った。

「ハイテクに頼るのが現代人の知恵ってもんでしょう。適切な検査機関に、ＤＮＡ鑑定を頼んでみるんです」

思いも寄らぬ方向から飛び出した物々しい単語に、俺を含めた大人三名は訝しげに眉をひそめる。ねうだけが、きょとんとあどけない。

でぃえぬえい？

どういうこと？　どうやって？

はたと息を呑んだ鶴見オーナーが「まさか」と眉をひそめた。「〈ブラッド・レッド〉には布施正道の血が混ざっているから……とでも、言うんじゃないでしょうね」

由良はきっぱりと頷いた。「はい」

んなアホな。

鶴見オーナーが冷ややかな半笑いを浮かべる。愚にもつかない噂話を真に受けるなんてバカな坊やね、とアテレコできそうな表情である。俺はといえば、まさに胆《きも》の冷える思いだった。だって、くだんの噂を由良に吹きこんだのは、俺だ。昨晩、宿の六畳間で、得意げに教えてしまった。由良は初耳の様子だった……では、由良がこの土壇場でこんな間抜けなことを言い出したのは、俺のせいか？

顔が引き攣るのを感じながら、由良の肩を掴む。「おい、何を言い出すんだよ。俺、言ったろ。それはあくまでも噂だって。比喩みたいなもんだって」

しかし由良はかぶりを振る。「根も葉もない話じゃない」

「はぁ？」

「〈ブラッド・レッド〉には実際に布施正道の血が混ぜられています」

「だからそれは噂だって！　お前も言ってただろ。そんなこと普通はしないって」

「『Jカード』制作時の布施正道はすでに普通ではなかったんです」

その声その言葉の冷ややかさにゾッとして、俺は思わず息を呑んだ。

由良は田越に目を向けた。「布施正道が『Jカード』を制作し始めたのは、三年前の秋くらいから。そして、十四枚すべてを作り終えたのは、二年前の夏くらいですね」

急に話を振られた田越は、ギクリと身を強張らせつつも首を横に振った。「いえ、そんなことはありません。『Jカード』は今現在も制作中です」

そういう設定なのだろう。彼らは、先ほど室内に引っこんでしまったあの男を布施正道であると言い張っており、その上で『Jカード』は今後も順次制作・発表していくと『美術の箱』誌上で述べている——この建前上、『Jカード』は未だ制作中でなければならない。実のところはすでに完成しているとしても。

布施正道は、完成作品に署名は入れても日付は入れなかった。素人相手であれば、ほんの一、二年の制作時期のズレなど、口頭でいくらでもごまかすことができるに違いない。

しかし由良は、田越の返答を意にも介さず「とにかく、制作時期はその約一年の間のはずです」と言いきった。田越が、ゴリ押しするなら訊くなよと言いたげな顔をするが、由良はそんなことを斟酌《しんしゃく》したりしない。

「三年前の夏を境にして、〈ブラッド・レッド〉は使用され始めました。それ以前の布施正道は、絵の具に自分の血を混ぜて使うなんて常軌を逸した真似ができるような人間ではなかった。そこまでキレてはいなかったし、何より、絵を描くごとに自分の皮膚を切り裂いて血を絞り出すような度胸はなかった」

「なら、」と口を出しかけた田越を、手で制する。

「しかし、三年前の夏、制作に対する意欲も態度も一変させるような出来事が、布施正道の身に降ってかかった。大切な女性を一人、亡くしたんです」

鶴見が眉を曇らせる。「……女性？」

「詳しいことは言えませんが、布施正道にとって誰とも替えのきかない女性、とだけ言っておきます」

問いを先んじられて、鶴見は口を噤んだ。そして、凍ったような無表情になる。へタに怒りの形相を浮かべられるより、こういう無表情のほうが恐ろしく感じるのは、なぜだろう。

「彼女の急死は、布施正道に大変なショックを与えました。生前のわだかまりは解けないままだったし、形見などももちろん与えられなかった。葬儀に出られなかったから、死に顔も見ていない。布施正道が気づいたときには、彼女の死はすっかり片付けられてしまっていたんです。青天の霹靂《へきれき》で彼女を喪った布施正道は、ショックのあまり、少しずつ壊れ、やがて、歪《ゆが》んだ考えを抱くようになりました——〝人間はいつ死ぬか分からない。死んで忘れられるのは怖い。この世に生きているのだという事実を永遠に留めて知らしめ続けたい。存在そのものを作品の中に塗りこめることはできないだろうか〟と。そうして彼が行き着いたのが、〈ブラッド・レッド〉です。……ふふ、考えてみれば、すごいネーミングセンスだな、〈ブラッド・レッド〉って」

鶴見の無表情が、じわりと嘲弄《ちょうろう》に変わる。「くだらない」

「なぜです」

「仮に、もし、それが本当だとしても、どうしてあなたがそれを知ってるの？　そんなにも詳しく、そんなにも個人的な内容を」

「布施正道本人からそう聞いたからです。二年前の夏、この〈スペードのクイーン〉をもらったときに」

「――そう。では、あくまでも、〈ブラッド・レッド〉には布施正道本人の血が混ぜられている、と言うのね」

由良は明朗に「はい」と頷いた。

鶴見の双眸《そうぼう》に険しさが宿る。「でも、一つ、問題があるでしょう」

「と言いますと」

「〈スペードのクイーン〉の真贋があやふやなままでは、そこから採取された検体で鑑定をしても、意味がない。DNA鑑定するだのなんだと大風呂敷を広げる前に、まずは〈スペードのクイーン〉の作者を明らかにしなくてはならない。でなければ、あなたたちは一体何と照らし合わせて、〈スペードのクイーン〉から採取された検体を、真の布施正道のものである、と定義するつもり？」

顎をしゃくり、ベランダの戸を示す。

「あなたたちの言い分では、隣の部屋にいるあの男は、布施正道ではない。その〈スペードのクイーン〉を制作したのが真の布施正道である――と、そういうことになるわね」

「ええ」

「しかし、よ。あなたたちの言う〝ホンモノの布施正道〟の検体は、どうやって手に入れるの。逆に、その検体がホンモノから採取されたものであるということは、どうやって証明するの。先に言っておきますけど、こちらから他の『Jカード』を提供するということは、決してなくてよ。傷をつけられては敵わないもの。それと、隣の部屋にいる彼の生体の一部を差し出すことも、ないわ。DNAなどというひどくプライベートな情報は、本人の同意を得なければ、鑑定には持ちこまれないはず。髪の毛なりを黙って持っていくということもできないでしょう」

そう言われた瞬間、由良はくるっと振り返り、
俺の肩を、ポンと叩いた。

「彼が」

いきなり指名された俺はワケが分からず「えっ」と身を竦めた。

田越が訝しげに俺を見やる。「彼が？」

「布施正道の実の息子です」

場の空気が凍りついた。

　由良は自信に満ち満ちた表情で画廊たちを見据えていた。画廊たちは両目を剥いて俺を見ていた。そして俺は口を半開きにして由良の横顔を凝視していた。驚いたというよりも叩きのめされたというほうが近い心境だった。

　俺、言ったっけ？　由良《こいつ》に。

　自分が布施正道の息子である、と。

　……いいや！　言ってない！　言ったりしない、絶対に！

　それだけは口が裂けても――

　では、なぜ、いつ、分かったんだ？

　由良はおもむろに腕を伸ばし、俺の髪をブチッと引っこ抜いた。

「いてッ」

　たぶん数本まとめて。

　髪をつまんだ指を、見せつけるように前に突き出す。「息子の生体の一部です。これも同時に検体として提出して、Y‐STRの父子間一致を判定してもらいます」

　鶴見は開いた口が塞がらないようだった。

　代わりに田越が「し、しかし」と身を乗り出す。「そういう科学的な鑑定がどういうふうに行われるのか、私はよく分かりませんけど、その絵一枚から、鑑定に用いることができるほどの血液が採れますか？　しかもそれは絵の具と完全に混ざってしまった上、長時間、乾燥してしまっている。そんなもので……」

「長時間乾燥しているという状態は、検体にとって不利な条件にはなりません。たとえば、出産時に病院から贈られた数十年前の臍《へそ》の緒であっても、条件さえ満たせば検体となり得ます。ごく微量という点も、問題ないでしょう。使用済みの切手からでも鑑定は可能というくらいですから」

画廊側の足掻きもあっさり潰され、
そして、誰もが口を閉ざした。

鉛のように冷たく重い沈黙だった。

俺にしがみついているばかりのねうでさえ、息を殺して身じろぎもしなかった。

不気味な沈黙を破ったのは、鶴見オーナーの、ひび割れたような低い声だった。

「布施正道に息子はいない」

由良が静かにかぶりを振る。「いるんですよ」

「いいえ。いないわ」

「疑うのであれば、彼の出自を調べて――」

「やめてくれ！」

我知らず叫んでいた。

テラスの端っこにいる俺が、この場にいるすべての人間の注目を浴びていることに気づいて、はたと息を呑んだ。急に恥ずかしくなって、慌てて俯く。

……なんなんだ、これは。この状況は。

どうしてこんなことになったんだ。

これは俺が望んだ解か？　いや、違う。違うはずだ。明確なビジョンを持ってこの町まで来たわけではないけど、でも、過去をほじくり返されるために来たわけじゃないってことだけは、はっきり言える。だって、こうなると分かっていれば、こんなところにまでのこのこ来たりしなかった。それとも、布施正道に相対するには、これは避けて通れないことなのか？　そんなバカな。だったら俺は、布施正道とは一生、向き合ったりしない……。

「つまり、調べたいことは二つだ」

異様な緊迫感に満ちたこのテラスの上で、由良だけがペースを崩さない。

「一つは、この〈スペードのクイーン〉に使用されている〈ブラッド・レッド〉から、血液が採取できるかどうか。もう一つは、採取できた場合、ここにいる彼の生体の一部と照合することによって、この二者間に親子関係があることを証明できるかどうか。

これなら、どうです、こちらの疑問である〝布施正道を名乗っている男はニセモノか〟という疑問も、そちらの疑問である〝〈スペードのクイーン〉は真作か〟という疑問も、一挙に解決できる。時間とカネはちょっとかかるだろうけど。いや。それ以前に、」

物言いたげな鶴見のことも、オロオロする田越のことも、そして俺のことさえもまるっきりスルーしながら、由良は掛軸をくるくると手早く巻き直した。

「あなた方にとっては、この〈スペードのクイーン〉が世に出ることこそが、もっとも困ることであるはずだ。ぶっちゃけ、それさえ阻止できれば、〈スペードのクイーン〉の真贋なんか、どうでもいいんじゃありませんか」

田越は迷子のような顔で鶴見を見た。

鶴見はきつく腕組みした。射抜くような眼を、由良ではなく、俺に向ける。

「あなた、本当に、あの人の息子なの？」

俺は言葉に詰まり、鶴見から顔を逸らした。

俺のその反応を、どう解釈したものか。鶴見は俺を見据えたまま「ふふッ」と鋭く笑った。その笑声がどういう感情に因るものなのか、俺には分からない。ただ、その瞬間の彼女の表情に、狂気じみたものが滲んだ気がした。

「そうね。確かにその通り。私たちとしては、その〈スペードのクイーン〉が世に出るのは、うまくない」
　田越が色を失う。「鶴見さん」
「でも、そう、解決策はすごく単純なことなのね。そしてあんたたちも、そのために
ここへ来た——いいわ。訊いてあげる。あんたたちの目的は何？」
「ではやはり、中にいる布施正道は、ニセモノなんですね」
　鶴見はそれには明確に答えず、ただ「事を大きくしたくないの」とだけ言った。
「事を大きくしたくないとは、また。布施正道の名と作品を世界に発信したのは、他
でもない、あなたたちでしょう」
　鶴見は、苛立ちを隠さない眼差しを由良に向けた。「私のやったことが完全に間違い
であると非難できる人間がいる？」
　化けの皮が剥がれたぞ、と由良が俺だけに聞こえるような声で囁く。
　でも、斯《か》く言うお前も、鶴見に負けず劣らず化け物じみてるよ……
　と、そんなことは、口には出さないが。
「画家に必要なのは名と作品よ。画家のアイデンティティはその二点に宿るのよ。本
人の顔なんてね、どんなだって構やしないのよ。大衆が覚えておく必要もないの。そ
んなものは二の次三の次なんだから」

由良は目を引き絞るように細めた。「つまりあなたはこう言いたいわけだ。埃《ほこり》をかぶるばかりだった作品を拾い上げて脚光を浴びせ、その他大勢に埋もれて忘れ去られるのを待つばかりだった自称画家の名を後世にまで知らしめたのだから、自分は感謝されてもいいくらいだ、と」

「創作する者の野心とは、つまりそういうことでしょ。作品を世に知らしめるとは、そういうことなのよ。鑑賞者は喜ぶ。批評家は言いたいことを言う。画商《わたし》たちは利益を得る。布施正道の名と作品は半永久の生命を得る……どう、誰か損をしてる？　みんな、得たいものを得て喜んでるじゃない。不平を言っているのは、この世であんたたちだけよ」

「布施正道本人は？　彼はどう思ってるでしょうね」

「死んだ人間は何も言わないわ」

氷のように冷たいものが体の中をスッと落ちていった。

……そうか。

もしかしたらそうじゃないか、と、思ってた。

いや。違う。

なぜ。

そんな……

みぞおちに刺すような痛みが走った。額や背筋に脂汗が痛痒《いたがゆ》く滲んだ。

俺はか細い声で「腹痛ェ」と場違いな呟きを漏らした。

こんなに近くにいるというのに、強靭《きょうじん》な由良は、俺の弱さなどには気づきもせず、揺るぎなく鶴見を見据えるばかり。「布施正道は死んでるんですね」

「そうよ」

「まさか殺しちゃいないでしょうね」

それまで黙っていた田越が「バカを言わないでください」と声を荒げた。

俺の子どもじみた呟きを聞き漏らさなかったのは子どもの目線にいるねうだけで、彼女は不安げに俺の顔を見上げてきたが、だからと言ってどうすることもできず、俺の上着を握りこむばかりだった。

そうこうしている間にも、大人たちは話をどんどん進めていく。

「――最初の絵が売れたのが、去年の三月。予想以上に高く評価されて、いい条件で購入された。布施さんの作品がようやく認められた瞬間だった」

鶴見は、投げ遣りになったかのように、あるいは疲れ果てたかのように、そこにあったデッキチェアに腰かけた。

「契約のことや今後のことを相談しなければならなかったから、私たちは布施さんを捜したわ。かなり必死になってね。というのも、布施さんは、一月の終わりくらいからずっと、行方知れずになっていたから」

パンプスのヒールで、コン、コン、とテラスの床を打つ。

「私たちだって、困ったし、心配したんだから。それで、四方八方に手を尽くした末に、一ヵ月後、ついに発見したんだけど……ねぇ、彼、どこにいたと思う？　ＮＧＯが運営している、身元不明者の遺骨や遺留品を保管する施設だったのよ」

顔がじわりと歪んだ。泣き笑いするように。

「まさかそんな場所で、骨と遺留品だけになった彼と再会すると思わなかったから、驚きを通り越して、ホント、笑っちゃったわよ」

由良が眉をひそめる。「身元を示すものは何も持ってなかった、ということですか」

「そう。何も持ってなかった。財布さえ」

「どこで、なぜ、死んだんです」

「一月の末、夜中に、飲み屋街の路地裏で倒れていたんですって。近隣の人が見つけて、すぐに救急車を呼んだけど、とっくに手遅れだったみたい。死因は突発性の心筋症。いわゆる突然死ね。原因はいくらでも考えられる。あんたたちも知ってるだろうけど、布施さんはひどく荒れた生活を送っていた。酒も煙草もやっていた上に、どこからもらってきたのか分からないけど、精神安定剤らしきものも飲んでいた——私は、やめろと、顔を合わせるたびに言っていたのよ、でも布施さんは聞く耳持たなかった。そういう自堕落な生活が災いしたんでしょうね」

拗《す》ねたように口を尖らせると、その横顔は、にわかに少女めいて見えた。

「惜しいことしたわ。ホントに。惜しいことした……これからってときだったのよ。それなのに、あっさり死んでくれちゃって」

「あなたは諦めきれなかったんですね」

由良は、斬《き》って捨てるような早口でそう言った。

口調とは裏腹の、穏やかな笑みを浮かべながら。

「絵が売れ出した布施正道には、生きていてもらわなければならなかった。だから、無縁仏の中に放りこまれていたことをこれ幸いに、彼の死は見て見ぬフリして、しかも周囲には生きているように見せかけるべく、ニセモノを立てたんだ」

「…………」

「ニセモノとして出ているあの男は、どこの誰です」

機嫌を損ねたのか、鶴見はデッキチェアの肘掛にもたれた姿勢で、ムッと口を噤んでしまった。

田越が、鶴見の様子をチラチラと気遣わしげに見やりながら、話を継ぐ。「彼は……先代オーナーの時代からツルミ画廊で抱えている画家の一人です」

自嘲的に頬を歪ませた鶴見が「父の残したお荷物の一人よ」と、おもむろに口を開いた。「芸術は一部の金満家のためにあるのではない、万人が平等に分かち合うべきものだ、芸術の振興は社会へ奉仕である――大したお題目でしょ。前のオーナーだった私の父が、事あるごとに唱えていたものよ」

「はぁ」

「実力も実績もないくせに、こういうことを、恥ずかしげもなく言ってしまえる人だった。商売人からは程遠い、地に足のついてない理想主義者……彼は彼の信念に則って、センスもプライドもない自称画家たちを、芸術の振興の名の下に多く抱えていたわ。おかげで経営はいつだってボロボロ。唯一成功したのは、そのニートどもに恩を売ることだけ。だから、父が死んで娘の私に代替わりしても、言いなりになってくれるヤツには事欠かなかったってわけ」

「あの、つまり、鶴見さんに恩を感じている画家は多くいる、ということです」と、田越が慌てて口を挟むが。

「逆立ちしたって本業ではカネにならないんだから、せめて捨て駒《ごま》くらいにはなって、役に立ってもらわなくちゃ」

田越のフォローも台無しにしてしまう暴言を吐いて、鶴見はそっぽを向いた。

由良は小首をかしげた。「じゃ、あなたは結局のところ、お父さんの遺産で一旗上げたってわけだ」

鶴見は苛立たしげに顔を上げた。「責めるような言い方はやめてよ」

「俺の言葉が責めているように聞こえるのはそちらに疚しさがあるからですよ」

鶴見は面喰らったように口を噤んだ。些《いささ》か傷ついているようにも見えた。

由良はお構いなしに淡々と質問を重ねる。「では、布施正道の遺骨は、今どこに」

「……しばらくはその保管所に置かれてたけど、一年経っても引取人が現れなかったから、公営の遺骨堂に移されたはずよ」

「その遺骨堂の場所を教えてもらえますか」

鶴見は、少しだけ、ほんの少しだけ、眉をひそめた。「どうして」

「それさえ教えてもらえれば、俺たちはもうあんたたちには関わりません。ニセモノを立てて布施正道の名で作品を発表し続けていることも、公表したりはしません。あんたらは気の済むまで布施正道の名と作品を利用すればいい。ただし、〈スペードのクイーン〉だけはもらっておきます。あんた方もそのほうが都合いいでしょう？　権威のある雑誌のインタビューで作らねぇと言っちゃったんだから。だから、布施正道が眠ってる場所だけ教えてください」

「……まさか」

背筋を伸ばした鶴見から、敵愾心《てきがいしん》と呼べるものが失せた。

黒フレームの眼鏡の奥の、輪郭がくっきりとした双眸を、純粋な驚きのために見開いている。

「あんたたちの目的は、それ？　それを知るために、こんなところへ来て、こんなことをしたの？　それを知るためだけに……」

「教えるんですか、教えないんですか」

鶴見はゆっくりと顔を動かし、俺を見た。

そして、さっきとまったく同じ質問をした。

「君は、本当に布施さんの息子なの？」

俺は答えず、ただ黙って俯いて、腹に掌を押し当てていた。

そのとき、ねうが堰《せき》を切ったような勢いでワッと泣き出した。

大人たちはギョッとしてねうに目をやった。

ねうは俺にしがみつくと、

「行こうよ。ハルくん。もうやだ。行こう」

そればかり繰り返した。

すげない言い方をすれば、俺はその泣き声に救われたような気がしていた。俺も、もう一秒だって、ここにはいたくなかったのだ。ねうの手を引いて庭に下り――

ふと足を止めた。

振り返り、鶴見を見据える。「どうしてこの町に来たんです」

「……と、言うと？」

「なぜこの町にニセモノのアトリエを構えたんです」

「このアトリエは社の所有で、先代からここにあったのよ。こんな騒動が起こるずっと以前から。ときどき、場所を移して制作したいという画家に紹介して、何日か貸していたりしたの。それを今、あいつに使わせているだけよ」

「じゃあ、あなたたちはたまたまこの町にいるだけ。この町でないといけない理由はない。コソコソするだけならどっかよその土地でもやれる。そうですね」

「そう、ね」

「だったら、この町から出てってくれ。すぐに。明日中、いや、今日にでも。お願いします。でないと、DNA鑑定でもなんでもしてあんたらのやってること世間に暴露してやる」

そのあとはもう振り返りもしなかった。

女に目の前で泣かれて平静でいられる男はあまりいないと思いたい。子どもに泣かれてさえオロオロする俺としては。とりわけ、母親に泣かれるってのは、あれは、ホントいやなもんだ。絶望的な気分になる。子どもの頃なら特に。俺の母は布施正道が訪ねてくるたびに泣いた。俺の前で泣くことはなく、隠れて泣いていた。ただその理由のみで布施正道は俺の天敵で、それ以上でも以下でもなかった。しかし、どうしようもなく図々しい布施正道は、自分がどう思われているかなんてお構いなしに、時折ふらりと俺や母の前に現れた。数年に一度、といったところか。訪問の理由はいつもまちまちだったが、いつもろくでもないものだった。「アパート追い出されたから泊めて」だとか「カネ貸して」だとか、マシなところで「新しい作品ができたから見て」とか、そんなところだ。今どこに住んでいてどういう仕事をしているのか。結婚はしているのか。布施正道はそんな現実に即したことは何も話さなかった。こちらも訊かなかった。知っても仕方のないことだと思ったから。俺が布施正道に最後に会ったのは、二年前だ。その前に会ったのが、まだ中学生のとき。数年の間にかなり背が伸び力も強くなった俺は、このとき初めて布施正道に対して強硬な態度に出た。「出て行け」とか「もう二度と来るな」とか、そんなようなことを言った気がする。布施正道というのもかなり鼻ッ柱の強い男なので、自然、口論になった。俺は頭に血が昇っていたし夢中だったから、あまり細かいところまで経緯を覚えてないけど、とにかく、何かの弾みで布施正道を突き飛ばしてしまった。布施正道は呆気なく転んだ。その姿を見て俺はひどく狼狽《うろた》えた。もっと手ごわいだろうと思っていたのに、あまりにもあっさり打ち勝ってしまったから。もっとがっしりした大きな男だと思っていたのに、いつの間にか俺のほうが体格がよくなっていたから。そのとき悟った。そうか、俺はもう子どもではない――

雨は上がっていた。しかし雲は隙間なく空を覆い、空気は呪《のろ》わしげに重かった。一時的にやんでいるだけだろう。この分ではすぐにまた降りだすに違いない。

じっとりと湿った風が路傍の樹々を揺すった。

葉群《はむら》がざわめく音は水音に似ている。

しゃくりあげるねうの前に屈んだ。「なんで泣くんだ」

「分かんない」

「怖かったのか」

ねうはくるくるとかぶりを振った。

「じゃあどうして」

口を尖らせてしばらくムッと黙りこんでいたねうは、

「ハルくんがいじめられてるみたいだった」

と一息に言った。

俺は曖昧に笑った。「バカだな、そんなこと……」

「でも」

「俺はむしろ蚊帳《かや》の外だったろ」

「分かんない」

「大丈夫だよ、俺は」

「おとなの人って、変なの。どうして大丈夫じゃないのに大丈夫って言うの？」

そう言ってまたほたほたと涙を流すのだった。

そんなねうを見ていると、なんだかよく分からないが、俺も泣きたくなった。顔面が酸っぱく歪み目頭がジワジワ熱くなった。泣く準備は物理的には整っていた。でも実際に泣くわけにはいかなかった。だって、泣いてる子どもの前で泣けるか？　ハタチすぎの男が。俺にだってプライドはあるんだ、ちっぽけなものだけど。

ただ、ねうが泣けない俺の代わりに泣いてくれているような気がして、そう思うと、それはそれで帳尻《ちょうじり》が合っているように思えた。こういうのもある意味、質量保存の法則じゃないだろうかなんて、どうでもいいことを考えながら、ねうの頭を撫でる。

そばの茂みがかすかに揺れて、草陰から白っぽい毛玉がそろりと現れた。シンタロウだった。ヘーゼルの瞳を光らせながら慎重に歩み寄ってきたシンタロウは、ここに自分がいることを主張するかのように、ねうの足にするりと身をすり寄せた。

古びた廊下は一歩踏まれるたびに床板を軋ませガラス窓を鳴らす。

だから、宿に戻った由良が階段を上がり、俺の部屋に向かって歩いてくることも、直接その場景を目にしているかのような精確さで、感知できた。

静かにふすまを開けた由良は、機械的に言った。「鶴見たちは、あのアトリエを出る準備を始めました。別の土地に移って商売を続けるんでしょう」

「……そうかよ」

「俺も、聞くべきことはすべて聞いた。もうこの町に用はない」

「ならさっさと帰ればいいだろ」

「そうしたいところですが、バスがもうない。歩いていくということも難しい。仕方ないからもう一泊します」

上着も脱がないまま座っている俺は、じっとちゃぶ台を睨んでいた。この古いちゃぶ台に刻まれた小さな傷や何かのシミを、目で追っていた。ねうとシンタロウを家に送って、宿のこの部屋に戻ってから、ずっとそうしていた。

そういえば、いつからか、また雨の音がしている。

やはり一時的にやんでただけか、と頭の片隅でぼんやり考える。

「これからどうするんです」

その問いを耳にした瞬間、なんか知らんがものすごくイラッとした。

苛立ったという事実がさらに俺を苛立たせ、その無限ループに陥り、自然、返す口調は棘々しいものになった。

「どうって？　何？　別に？　どうもしねーけど？」

そんな俺を、由良はジッと見返してくる。

こいつは、ホントに、機械でも見るような目で人を見るよな。

腹立たしい。本当に。

ああ、くそ、胃が痛ぇ。

「なんだよ。なんなんだよ、お前は。どうするもこうするも……普通だよ。なんにも変わらねーよ。変わるわけねーだろ。今までと変わらない日常生活を普通に送るよ。腹減ったらメシ食うし、眠くなったら寝るし、暇になったら遊びに行くし、メンドくせーと思いながら学校行くしバイト行くよ。何も変わらねーよ。変わらない！　変わってたまるか!!」

「あ、そ」

「そうだよ、悪いか!?」

「別に」

「くそっ」

めちゃくちゃ腹が立っていたが、なぜ腹を立てているのか分からなかった。死にたいくらいに落ちこんでいるけど、何に対して落ちこんでいるのか分からなかった。すごく恥ずかしかったし、すごくイラついていたし、それに何より、すごく哀しかった。

「なんで俺が布施正道の息子だって分かったんだ」

ふう、と細く息を吐く気配。

由良は部屋に入り、ふすまをすとんと閉めた。「そりゃあ分かりますよ」

「なんでだ！」座ったまま、由良を睨んだ。「まさか、似てるのか、俺は……布施正道に似てるのか⁉」

俺の剣幕に、由良は一瞬驚いたように目を丸くしたが、掛軸を手にしたままその場でゆるく正座をすると、ふと微笑した。「いいえ、全然似てません。面影のようなものもない」

「でも」

「鶴見も、何度も尋ねてたでしょ。本当に布施さんの息子なのかって。見た目も明らかに息子であると分かるなら、あんなふうに念押ししたりしませんよ」

「なら、なぜ」

「男が男をこんな田舎まで追いかける理由なんて、色絡みかカネ絡み、そのどっちでもなきゃおうちの事情、と、だいたい相場は決まってるんです。ハルさんは、布施正道みたいなチャランポランと色事で揉《も》めるようには見えないし、失礼ですけど、大騒ぎするほどのカネを持ってるようにも見えない。消去法です。あとは、まぁ、年齢の兼ね合いとかで推測して、こりゃあ親子なんだろうな、と」

「………」

「まぁ、たとえ間違っていたとしても、あの場さえやりすごすことができればそれでいいや、とも思ってましたが」

沈黙を、人の囁き声にも似た雨の音が埋めた。

俺は黙々と混乱していた。

頭の中に、疑問や動揺が次々と湧いては消えることなく黒くわだかまり、ぐちゃぐちゃに混ざり合って発酵して、もはや何から何を取り出せばいいのかさえ分からなくなっていた。いや、もう、これに触れたくもなかった。もうどうでもいい。いやだ。何も考えたくない――

「あんたが思ってるほど、ひどい男じゃなかったと思いますよ」

不意に、由良が言った。

意味が分からなくて、俺は「え？」と目をパチつかせてしまう。

「布施正道っていう男は、それほど処置なし野郎でもなかったのではないか、と。少なくとも、言葉では説明できないような魅力は持っていたんだと思います。故人だと分かったからフォローするわけじゃないけど」

「……なんだよ、いきなり。どうしてそう思うんだよ」

「絶え間なく女を惹《ひ》きつけてたみたいだから」

「は？」

「あの鶴見女史だって、ずいぶんと布施正道にご執心だったじゃないですか」

「まさか」

「気づかなかったんですか？　でも、あれは、根っから商売に打ちこんでる人間の言動じゃないでしょう。やり口といい動機といい、そのへんにわらわらいる小娘と大差ない。独占欲が言葉の端々から滲み出てたじゃないですか。布施正道の作品は私が捌《さば》く。布施正道の名は私が世に知らしめる。布施正道は私のもの。私だけが扱っていいもの。誰にも渡さない――ってね。先代がどうだ野心がどうだと、もっともらしい理屈をいろいろ並べてたけど、ツルミ画廊が布施正道を追い、ニセモノを立ててまで生かしていたのは、結局のところ、彼女がそうしたかったからに他ならないんですよ」

「…………」

「しっかりしてそうな美女に限ってダメな男に引っかかるのは、どうしてなんでしょうね。ダメ男っていうのは、やっぱ、母性本能をくすぐるもんなんですかね」

「……知らねぇよ、もう……どうでもいい」

「どうでもよくないんです。ハルさんには聞いてもらわないといけない」

なんだ、その留保つきの言い回しは。

訝しんだ俺が何かを口にする前に、由良は一息に言った。「〈ブラッド・レッド〉に混ぜられている血が布施正道本人のものであるというのは、嘘です」

俺は顔を跳ね上げた。「え」

「ただし、俺がついた嘘は、その一つだけ。あとは全部、本当のことです」きっちりと巻いた掛軸で、ぽんと掌を打つ。「こいつを布施正道から直接手渡されたのも、本当。三年前の夏に彼が大事な女性を喪ったのも、本当。その件がショックで、布施正道の絵に対する姿勢が変わったのも、本当。でも、ここに混ぜられている血は布施正道本人の血である、ということだけは、嘘です」

「なっ……え？」

「〝人間はいつ死ぬか分からない。死んで忘れられるのは怖い。この世に生きているのだという事実を永遠に留めて知らしめ続けたい。存在そのものを作品の中に塗りこめることはできないだろうか〟──布施正道が、そういった歪んだ考えを抱くようになったのも、本当のことです。しかし、それによって、自分の血を絵の具に混ぜようという考えには至らなかった」

「ちょっと待て。ちょっと待て」

急に飛びこんできたクリティカルな情報で、思考が一気に混乱する。

俺はグラグラしそうになる頭を手で押さえつつ、慎重に訊いた。

「ということは、じゃあ、〈ブラッド・レッド〉に血は混ざっていないのか？」

すると由良は首を横に振った。「血は混ぜられています」

「……あ？　何言ってんの、お前？　どっちなんだよ。血が混ざってるのか、混ざってないのか」

「混ざってます。ただしそれは布施正道の血ではない、というだけで」

「は？」

由良はニヤと笑った。「だから、まぁ、万が一にもなかったとは思いますが、もしも画廊の連中が、じゃあ実際に鑑定に出してみようじゃないかなんて言い出したら、不利になるのはこっちだったんですよね」

由良が何を言っているか、いまいちよく分からない。

いや。分かりたくないだけかもしれない。

だって、それって、つまり――

「何を不思議そうな顔してるんです。ハルさんだって、言ってたじゃないですか。布施正道は、皮膚を切る痛みを我慢してまで何かを成そうとするような男じゃない。そんな甲斐性はない。そんなことしなきゃいけないくらいなら、筆を擱くほうを選ぶだろう、って」

「言った、けど……でも、それは、それは、」

「いいや。それは、まさしく、その通り、大正解だったんですよ。布施正道は確かに常人には及びもつかない発想を生み出した。でも、その狂気が己に向くことはなかった——あんたのお見立ては、正しかったんですよ。さすがは実の息子と言うべきか」

冷たいものでも押し付けられたみたいに、さわあ、と鳥肌が立った。

四肢も、グラグラする頭も、凍ったように硬直した。

訊きたくない。

でも、訊かねばならない。

俺は固い唾《つば》を無理やり飲み下した。

「じゃあ、それじゃあ……〈ブラッド・レッド〉に混ざってるのは、誰の血なんだ」

「女たち」

その単語の意味が、一瞬、分からなかった。

あまりにもありふれたものだったし、あまりにも漠然としていた。

どの、どこの、どんな、おんな、だ？

「布施正道を愛した女たち、布施正道が愛した女たちです。大切な女の死に直面して、今目の前にいる女たちの存在が急に惜しくなった布施正道が、〝この世に生きているのだという事実を永遠に留めて知らしめ続けたい〟と思った女たち。〝存在そのものを作品の中に塗りこめることはできないだろうか〟と思った女たち——彼女らの血です」

「まさか」

「言ったでしょ。『Jカード』制作時の布施正道はすでに普通ではなかった、って。それも、嘘ではないんです」

「そんなバカな」

そう呟くしかなかった。

否定するしかない。

肯定なんかできない。

「本当のことです。俺は本人からそう聞いたんです。この〈スペードのクイーン〉を託されたときに。訊きもしないのにベラベラ一方的に教えてくれたんですよ」

「嘘だ、そんな……布施正道のために、あのダメ男のために、複数の女が、自分の血を与えたっていうのか。自分の皮膚を傷つけて？　信じられない。そんな、」

「いや、皮膚を傷つけたとは限りません」

「でも、」

「放っておいても女は毎月血を流すし」

「は」

そこで思考が閉じた。

もうこれ以上考えたくないと思考のほうが勝手にシャットダウンしてしまった。

だって、あんまりだ、こんなの。

あんまりだ。

ひどすぎる。

吐き気がして、俺は思わず自分の胸座を掴んだ。

「いかれてる」

由良はことんと首をかしげた。「誰が」

「みんな。みんなだ……いかれてる。どうかしてる。布施正道も、布施正道に血を与えた女たちも、鶴見も……お前もだ。いかれてる」

由良は泣き出すんじゃないかと思ってしまうほどに顔を歪めて「ふふ」と小さく笑った。「なんです、今さら」

薄闇《うすやみ》の中、苦る彼を前にして、ふと思う。

由良《こいつ》って、ホントに端正な顔をしている、と。

目下直面している問題からまったくかけ離れたことを考えてしまうのは、たぶん、現実逃避の一環であろうが――

とにかく、そう思ってしまったのだ。

周りは由良を「美人だ」と言うが、俺は単純にそう思えなかった。こいつって、なんというか、そう、「よくできた顔」なのだ。このパーツがもうちょっとこうだったらもっといいのに、というようなことがない。あるべきものがあるべきところに収まって、揺るぎない。整然の美。上質のパーツが、優れた下地に、黄金分割で配置されている。それというのは、当たり前のようでいて、なかなか奇跡的なことなのである。奇跡的というのは、言い換えれば「異常」ということだ。

そして、こんな状況下にこんな表情であってもなお「よくできた顔」であり続ける彼は、ひどく気味が悪い。

おもむろに、由良が立ち上がった。手にした掛軸を「これ、どうします」と俺に突き出してくる。俺は脊髄《せきずい》反射の勢いで身を引いた。触れたくなかった。いや、視界に入れたくもなかった。こんな、どこの誰とも知れない女の血がついているような代物なんか。布施正道の狂気と執念が染みこんでる絵なんか——

　由良は俺の怯えた様子を見ると、ちょっと肩をすくめ、掛軸を引っこめて「じゃ」ときびすを返した。

　この部屋を出て行くつもりなのだ。

　俺はもう言葉を発するのもしんどいくらい精神的に困憊《こんぱい》していたのだが、でも、このまま由良が去るのを黙って見送るわけにはいかなかった。

　まだ訊きたいことがあったから。

　これだけは、今、訊いておきたかったから。

「お前の目的はなんだったんだ」

　由良は動きを止めた。

　指はすでにふすまの引手にかかっていたが、力がこめられることはなかった。

「なぜ布施正道を捜してたんだ」

　由良は何も言わず、
　腕を後ろに回して、ジーンズのケツポケットから、何かを引き抜いた。

　それは、暇さえあれば読んでいた、あの文庫本だった。カバーは取り払われ、全体的によれよれになった、薄っぺらい文庫本。

「マイナーな作家のマイナーな推理小説なんですけど、なかなか面白くてですね」
なんだ。
なんの話が始まるんだ。
「これにも、現場に残された血痕《けっこん》と息子の生体の一部を使ってDNA鑑定しようって
いう場面がありまして。それ読んで、DNA鑑定っていうのはかなり説得力あるよな、
と思ったんです」
「……それが、どうしたってんだ。質問の答えになってない」
由良が振り返る。
酷薄そうな暗い笑みを浮かべていた。
「あんたの存在は、俺が目的達成するための手段の、ほんの一端でしかなかった。ニ
セ布施に対してDNA鑑定をゴリ押ししようと心積もりしていた俺の前に、お誂え向
きに現れた〝息子らしき人物〟に過ぎなかった……俺、言いましたよね、初っ端に。
一時的な関係しかないヤツに個人的な事情を語って聞かせるつもりはない、と」
こいつ。
胃がまたしてもキリキリと痛み出す。
「お前、よくもそんな……俺の事情は、暴くだけ暴いといて……」

「暴いた？　俺があんたに何か無理強いしたみたいな言い方はやめてください。濡れ衣だ。俺があんたに目的はなんだと訊きましたか。理由を教えろと迫りましたか。俺は、あんたの挙動を深読みして、推測しただけ。気取られたくないことがあったのなら、自制して用心してりゃよかったんです。無防備に、考えてること顔に出しまくるほうが悪い。だいたいね、そんな、あんたが思ってるほど大した事実じゃないんですよ、あんたが布施正道の息子だったなんてことは」

「お前」

声が震える。

体まで震えだす前に、俺は立ち上がっていた。考えるより先に手足のほうが動いたのだった。一歩踏みこみ、由良の横っ面を殴った。中途半端な姿勢だったので力加減ができなかった。かなりいい一撃が入ったと思う。由良はよろめき、背中でふすまにぶつかった。由良の驚いた顔はなんだか幼く見えたが、その表情もほんの束の間のもので――

「言ったはずだ」と、すぐさま怜悧《れいり》に尖ってしまった。「俺は手段は選ばない」

「最低だよお前」

するとと由良は、然り、と言わんばかりに微笑み、ふすまを静かに開け閉めして、出て行った。

それが俺と由良の別れであった。

【六月十二日】

つまり俺は怒りの矛先を由良に向けたのだ。

しかしそれはおそらく由良の差し金でもあった。

だって、あの由良という男は、あのときの俺にあれだけ悪し様な物言いをすれば何が起こるかなんてことを予想できないようなマヌケではない。真実を知って打ちのめされた俺の、やり場を失ったネガティブな感情の凝りを昇華させるため、損な役回りを自ら買って出たんじゃないだろうか。俺にさえ気取られぬように、密やかに、そして大胆に。そうする責任が自分にはある、とでも思ったんじゃないだろうか——その証拠に、彼は言い訳やごまかしを一切口にしなかった。あまりにもストレートな悪意を俺にぶつけてきた。それは逆に由良らしくなかったのだ。ねうに叩き起こされて「由良くんいなくなってるよ」と言われた瞬間、はたとそれらのことに思い当たった。最後の最後で由良一人を悪者にしてしまったことに気づいた。怒涛の勢いで後悔が押し寄せてきて、どうしても真意を訊きたくて、そして何より謝りたくて、飛び起きて追っかけてみたけど、間に合わなかった。由良はとっくに立ち去ってしまっていた。俺の起き抜けの行動まで先読みしていたかどうかは不明だが……いやあ。なんとも鮮やかなお手並みじゃないか。あの野郎。カッコつけやがって。どうせ情けをかけてくれるなら、もう少し平和的かつ可愛げのあることをしてくれりゃいいのにさ。素直じゃないよ。いや、素直な由良なんてむしろ不気味かもしれないけど。

ああ、そういや俺は由良のケー番もメアドも知らないんだった。

まったく。

俺の完勝で完敗だな。

そんな埒もないことを考えつつ、身支度を整える。

帳場にいたオバチャンに一声かけて、宿を出た。

透き通る朝の陽差しの中、宿の横手に停めてある俺のバイクに、どうやってよじ上ったものか、ねうがまたがって足をブラブラさせていた。

シートをパンパン叩き、「なかなか座り心地がいいですね」

「そう？」

なんとなく湧いた悪戯心《いたずらごころ》で、手にさげていたフルフェイスのヘルメットを、ねうにかぶせてやった。俺の頭にピッタリのサイズなので、当然ながら、ねうの頭にはブカブカだ。ねうは上半身をグラグラさせながら「重ーい！」「ヘンなの！」と、足をバタつかせてはしゃいだ。

「なかなか似合う」

「ん？　聞こえにくいぞ」もたもたとシールドを上げる。「なーに？」

「ねうさんは、ヘルメットが似合いますね、って」

するとねうは首をすくめて「ふふふ」と、はにかむように笑った。「ねぇ、ハルくん。バイクって楽しい？」

「そうだな。楽しいよ」

「私もバイク乗れるようになりたい」

「それは免許取れるくらいの歳になったらちゃんと考えな。女の子だと、親御さんが嫌がるってこともあるし」

「どうして？」

「やっぱ、危ないから。バイクって、自動車と違ってずっと体が剥き出しになってるだろ。事故ったときに大きな怪我をしやすいんだ。危険なものに乗せたくないってのは、親心として当然じゃないかな」

「事故らなきゃいいのよ」

「自分だけが気をつけててもどうにもならないんだ、そういうのは」

「ハルくんは事故に遭ったことある？」

「今のところ、ない。でも一瞬の油断が命取りだし、気をつけるようにはしてる」

「ふーん」

ねうはシールドを上げたり下げたりしながら、所在無さげに足をブラブラさせた。

そしてぽつりと言う。

「気をつけて帰ってね」

「うん」

「由良くんとちゃんと仲直りするのよ」

「……はい」

ねうはヘルメットに手をかけ、外そうとした。が、その重さと大きさに苦戦しているようだった。手を貸して、スポンと外してやる。

ふーっと息をつくと、ねうはちょっと乱れた髪を手櫛《てぐし》しながら、「それとね」と俺を見上げた。「女の子じゃなくてもね、事故ったら、周りの人は哀しむと思うよ」

「そうだな……それは、その通りだ」

「ハルくんが事故ったら、私は、哀しい、かも」

「うん、気をつける」

「よろしい」俺に向かって腕を伸ばす。「降りる。降ろして」

ハイハイと抱き上げてやると、ねうは俺の首っ玉にしがみついてきた。

あ、やべ！　噛みつかれる！

と一瞬ギクリとしたが、ねうは抱きついてきただけで何もしなかった。

地に足をつけたねうは、一度だけ俺をジロリと睨み、

それから大仰な溜め息をついた。「私が大人になるまで待っててと言いたいけど、私が大人になるまでに、ハルくんは素敵な人を見つけてしまうわね」

思わず苦笑してしまった。「ねうが大人になる頃には俺はショボいオッサンになっ

てるし、心配しなくても、ねうの周りにはいい男が集まってくるよ」

するとねうは「もう！」とむくれた。「そうじゃないでしょ！　ハルくんは女心が分かってないなぁ」

え。あれ。なんか、すいません。

女心は難しい。

ねうと入れ替わりになるようにシートに腰を落ち着け、ヘルメットをかぶり、エンジンをかける。慣れ親しんだ愛車の振動が全身に伝わる。

「じゃあな、ねう。シンタロウにもよろしく」

ねうは堅い面持ちのまま、無言で頷いた。

泣かれたりしたらどうしようかと思っていたが――いや、彼女はきっと、自分が泣いたり駄々をこねたりしたら俺が困ることを知っている。だから感情を見せようとしない。気を遣われているのは俺なのだ。なら俺も、余計な綺麗事や守れない約束は言わずにおこう。

相手に聞こえるかどうか分からなかったが、もう一度「じゃあな」と呟き、地を蹴る。宿屋の敷地を出ると、手を振るねうの姿もバックミラーから消えた。

町には、相変わらずひと気はなく、交通量も少なかった。

坂を上がり、あの「白黒の大きな家」の前を徐行する。窓はすべてロールカーテンがぴっちりと下ろされ、ひと気はなかった。

俺の言った通り、出て行ってくれたのだろうか。

それならそれでいい。

ちょっと卑怯《ひきょう》だったな、とは思うが。

「この町から出ろ」というのは、咄嗟《とっさ》の思いつきで言ったことだった。彼らがどこで何をしようが、どうでもいい。だから別にこの町にいたって、俺としてはなんの差し障りもない。ただ、彼らがここに居座ると、ねうが静かに暮らせないのではないか、と思った。それだけのことで、しかし、それが大事だった。

防風林を抜けて、有料道路に乗る。見通し極めて良好な、海岸沿いに延々と一直線に伸びる道。ここへ来るときは、羽毛布団のような分厚い雨雲に覆われてどんより暗かった。海面もなんだか陰気な色だった。しかし今日のこの天気なら、海はきっと輝いて見えるだろう。まだ一羽の鳥も飛ばない更な空が広く見えるだろう。

【七月三十日】


梅雨は去り、日が長くなって、暑くなった。

俺の姓が春川から柏尾に変わって一ヶ月以上経つ。

さすがに最初は戸惑うことが多かった。郵便物の宛名《あてな》変更をはじめとする各種届出、身分証明書の書き換えなど、煩《わずら》わしい手続きをいっぱいしなければならなかったし、知り合いに姓が変わったことを知らせて回るのも一苦労だった。知らされたほうは、みんな、口を揃《そろ》えて「婿入りしたの？」と訊いてくるし……まぁ、俺の年齢を考えれば、そのほうが自然なんだろうけどさ。

しかしそのへん誤解されたくなかったので、俺はいちいちキッチリ説明した。

「婿入りじゃありません。母が再婚するのにくっついて、俺も柏尾の戸籍に入るんです。俺は姓を変えないって選択肢もあったんですが、相手にお子さんがいないこともあって、俺が彼の会社を継ぐことになりそうなんです。会社といっても、小さなデザイン事務所なんですが。気苦労？　プレッシャー？　いいえ。全然ないですよ、そんなの。もともとデザインで食っていくつもりだったし、目標を与えられて有難く思ってるくらいです。それに、俺は柏尾さんには中学生んときからすげー世話になってるから、母親の再婚相手であるということを差し引いても、もうとっくに親父みたいなもんなんです」

ま、そういうことだ。

「暑いなしかし」

午前中なら暑さもそうひどくないだろうと高をくくっていたが、まったく大間違いだった。気温は笑えるくらいの勢いでガンガン上昇し、遠景のアスファルトからはすでに陽炎が立ち昇って見える。

七月も末となり、今年度最高気温を更新するような日々が続く只中、俺は宅配便の伝票一枚を頼りに、閑静な住宅街を彷徨っていた。肩からさげている筒状の図面ケースが、歩くたびにコトコトと柔らかい雑音を立てる。

「このあたりのはずなんだけどな」

改めて、配達伝票に目をやる。

——昨日のこと。

俺が所属する阿武隈《あぶくま》ゼミに、「春川さま」に宛てられた荷物が届いた。

当然、阿武隈先生はいい顔をしなかった。

「あのねぇ春川くん、じゃなかった、柏尾くん。個人の荷物の送付先をゼミにするのはいかがなものかと思うよ」

平謝りしつつ荷物を受け取った。ぴっちりと梱包材《こんぽうざい》の巻きつけられた、筒状の物体だった。伝票を見ると、送り主の氏名欄には「由良」と書かれていた。この時点で荷物の中身に検討がついたが、まさかそんなはずは、と心の中で否定しつつ、梱包材をバリバリ破いて中身を引っ張り出してみると、やはりと言うかなんと言うか、見覚えのある掛軸もどきが出てきた。紐解いて中身を確認しなくても分かった。分かってしまった。これは〈スペードのクイーン〉だ。それ以外にない。

宿で飲んでいるとき、阿武隈ゼミに所属しているということは、確かに話した気がする。俺んちの住所が分からなかったからゼミ宛てに送ってきたのだろうが……にしたって、どういうつもりだ、あいつ。今さら俺に託すなんて。

とにかく、こんなもの学校には置いておけない。俺は研究室の助手さんから筒状の図面ケースを借り、掛軸を収めた。本来掛軸なんかを容れるものではないのだが、剥き出しのまま持ち歩くよりずっとマシだ、と判断して。

んで。

俺は思った。

この件に関して話し合いの場を設けなければなるまい、と。

この街に戻ってきてからも、由良を訪ねたいとは常々思っていた。しかし、なんだかんだで先延ばしにしてしまっていた。同じ学校内にいるんだから会おうと思えばいつでも会えるよな、と後回しにしまくった末に長々しい夏期休暇に突入してりゃ世話ないわけだが。

重要なことに限ってなかなか踏ん切りをつけられないというのは、俺の悪い癖である。だから今回、こうして〈スペードのクイーン〉が送りつけられてきたのは、由良を訪ねるいいきっかけになったのではないか。

そうそう。

これ以上、解決を先送りにするのは、よろしくないよな。

ねうにも「仲直りするのよ」って言われちゃってるわけだしな。

というわけで、本日、こうして由良宅を捜して彷徨っている次第である。

……待てよ。由良《あいつ》のことだから、嘘の住所を書いて寄越したということも充分考えられるんじゃないか、と思いつき、不安がむくむくと膨れ上がってきたところで、「由良」と表札のかかった家を発見した。疑ってすまん。でも疑われるようなことばかりする由良も悪いと思う。

純和風の、かなり立派なお宅だ。外から見るだけでも敷地けっこー広そうだし、門構えも堂々としてるし……おいおい、あいつ、いいとこのお坊ちゃんだった、ってことはないだろうな。もしそうだったら笑うぞ。

若干の緊張を覚えつつ、とりあえずチャイム鳴らしてみるか、とインターホンに指を伸ばしたところで、背後に人の気配を感じた。振り返ってみる。俺の少し後ろに、若い女性が一人立っていた。その顔を見て、思わず後退ってしまった。驚いたからではない。おそろしく美しかったのだ。ただその理由のみで俺は後退った。そう、ホントに、後退ってしまうほど美しかった。

っていうか。

この娘《こ》、もしかして、Aじゃないか？

今話題のグラビアアイドルの、Dカップの。

俺が呆然としていると、

「この家に何か御用ですか」

おおお喋った。

焦った俺はしどろもどろになった。「あ、えっと、俺は柏尾、いや、春川と申しますが、ええっと、彼方くん、いますか」

「カナちゃんのお友だち？」

いいえ。たまたま同じ宿になっただけです。

なんて言っても仕方ないので、とりあえず「そうです、同じ美大で」と言っておく。

すると彼女は「それはそれは」と大きく頷いた。「好都合です」

え、何それ、どういう意味？

と引っかかるものの、訊くに訊けず。

一方、彼女は、俺の脇《わき》を通り過ぎて気安く門扉を開けると、「どうぞ」と敷地内に誘導するような素振りを見せた。「カナちゃん、裏にいると思います。私もそっちに用があるので、一緒に行きましょう。どうぞ。私の家じゃないんだけど」

ええッ、そんな簡単に入れちゃっていいの？　と戸惑いつつ「はぁ、どうも」と我ながら気の抜けるような声で頭を下げ、彼女の後について格子戸をくぐった。

門から玄関に至るまでのちょっとした路も、玉砂利とか敷かれてるし、趣があってなかなか立派なものだった。飛石伝いに行けば玄関だが、彼女は脇に逸れて、竹垣に設えられた戸を慣れた様子で開けた。戸の向こうは、庭だった。なんかよく分からんけど庭木とか苔《こけ》とかが丹精こめて育てられてるっぽい庭だ。あああ。「由良はいいとこのお坊ちゃん」説、濃厚になってきたな。

俺の一歩先を行く、小さく丸く可愛らしい後頭部を眺めながら、思い切って訊いてみる。「あの、間違ってたらゴメンなんだけど、もしかして、君、Aさん、かな？　グラビアとかに、よく出てる、よね」

すると彼女は「はい」と、あっさり頷いた。

やっぱり！　うわー！　ホンモノかよ！

俄然《がぜん》テンションが上がる。「由良とは親戚かなんか？」

「いとこです」

「いとこ！」

「母親たちが姉妹なんです」

「なるほどォ」

「似てるいとこでしょう」

なんとなく、キャンキャンした甘ったるい声をイメージしていた。しかし実際のAの声は、少しだけ低く、抑制が効いていて、それゆえに柔らかく知的であった。そのことに感動すら覚えながら、俺はAの隣に並んだ。

「うんうん、似てる似てる」

「母親たちは二つ違いなんですけど、双子のようによく似た姉妹なんです。その子どもたちっていうのがまた、みんな揃って母親似だったものですから、よく似たいとこになってしまって」

「じゃ君の親戚には少なくとも四人、似た顔の人がいるってことだな」

するると彼女は首をすくめてクスクス笑った。「そうなりますね」

うわー。何これ。何この生き物。めっちゃ可愛い。ホントに我々と同じ素材でできてる人間か？　なんだろうね、この凄《すさ》まじい引力は。もう全然目ェ離せなくなる。やっぱホンモノってすげーな。俺、今なら「グラビアアイドルにおける実物と写真印刷物の比較考察」というタイトルで論文が書けそうな気がする。

しかも何がいいってアンタ、普段着だよ、普段着！　リアル普段着！　これに興奮しない男がいるだろうか、いやいない（反語）。ほとんどノーメイクみたいだし、髪もそんなにきっちり整えてるわけじゃなくぞんざいなハーフアップなのが、またなんとも言えずエロい。何を言ってるんだ俺は。そろそろ落ち着け。

いやーしかしホント綺麗な娘《こ》だな。

Aって確か、最近、ファースト写真集が出たばっかりなんだよな。

よし。あとで買ってこよう。


家の裏手に回ると、長い縁側が延びていて、若い男が二人、差し向かいになって座り、将棋を指していた。

「カナちゃん、お客さんだよ」

Aの呼びかけに反応して、二人同時に顔を上げる。

その二人、まったく同じ顔をしていた。

俺は思わず足を止めた。「なんだあれは」

由良が二人。戦慄《せんりつ》の事態だ。

Ａが不思議そうに「え？」と俺を振り返る。

「あれって、えっ……え、何、まさか、あいつら、双子なのか⁉」

Ａが「そうですよ」と目を丸くする。「知らなかったんですか？」

知らなかったんです。

密林の奥深くで新種発見した気分だ。未知との遭遇。

失礼でさえある慎重さでもって、俺はおそるおそる双子に近づいた。「あの、すいません、彼方くんは、どちらかな」

「え？」「あー」

声までそっくりだな。

すると双子は、アイコンタクトさえしないのに見事なシンクロぶりでニヤッと笑い、

「どっちだと思います？」

何ィ⁉

冷や汗をかきつつ、左右の顔を真ッ剣に見比べてみる。

が。

……ダメだ。全ッ然、見分けつかん。

同じ顔、同じ髪型、同じ体型。各自これといった特徴もない。しかも、着ているも

のまで似てるというのは、どういうことだ。

半袖《はんそで》の白いワイシャツに暗い色のスラックス、暗い色のネクタイ。なぜ自宅でこの格好？　このあと何か用事でもあるのだろうか？

とにかくお手上げだ。「ごめん、分からん」

双子は揃ってクスと笑い、
王将が言った。「だってさ、カナちゃん」

玉将が淡々と返す。「ちょっと、カナちゃん、俺のフリするのやめなさい」

「おいおい、俺のことカナちゃんって言うなよ。ややこしくなるだろ」

「そっちこそ。自分で自分のことカナちゃんとか言っちゃって」

「もうそのへんにしとけ。お客さんが困ってるだろ」

「いい加減にしろ。そろそろしつこいぞ」

……どうしよう。何これ。どうしたらいいの。これって、この双子を相手にするときの試練みたいなもんなのか、ひょっとして。

俺の困り果てた顔を見た玉将が、王将に苦笑を向けた。「外してくれ」

王将は眉をひそめた。「でも、」

「いや。悪いけど、彼は俺のお客さんなんだ」

「何したんだよ」

玉将はニヤと笑った。「悪いようにはしない。ま、いいから外してちょうだいよ」

そこでAが「ねぇ」と口を挟んだ。「お客さまはカナちゃんに御用なのよ」

玉将は顔も上げず、「お前は何しに来たの？」と素っ気無く言った。

「お土産持ってきたんだよ、さっきケータイで言ったでしょ」

「ああ。母さんに渡して。台所にいると思う。俺はこの人と話があるから」

Aは「ちぇ」と肩をすくめると、さっさと庭から立ち去った。ああん。俺としてはもうちょっとお話したかったのだが……

王将も、不満そうな顔をしながらも廊下の向こうへ消えてしまった。

そして俺は、由良家の庭にて、玉将と一対一になった。

玉将は将棋台を下げ、王将が敷いていた座布団を縁側のギリギリふちまで押し出した。「家の者が使ったもので失礼とは思いますが、よろしければ」

「はぁ、どうも」

とりあえず、勧められるまま座布団を使って縁側に腰かける。

俺は玉将の顔をまじまじと眺めた。

その視線も真っ向から受け止めて、玉将は「久しぶりですね。ハルさん」と余裕たっぷりに微笑んだ。「マヌケ面も健在なようで結構なことです」

「……今どっか行ったのが彼方くんじゃないの？」

「今どっか行ったのが彼方くんですよ」

「で、君は、由良彼方くんの、」

「兄です。宛《あたか》といいます」

「由良彼方ってのは弟なの？」

「そうです」

「で、君は由良彼方の兄貴なんだろ？」

「だからそうですって」

「……はじめまして、ですか？」

「しっかりしてください」

俺は眉間に皺を寄せた。「つまりお前は由良彼方じゃない」

いよいよ呆れた顔になる。「物分かりの悪さも健在ですね」

俺は足を踏み鳴らして立ち上がった。「騙してたのか、ずっと⁉」

「騙しただなんて人聞きの悪い。これだけは言っときますが、俺は、自分を由良彼方だと名乗った覚えはないですよ」ニヤ、と笑う。「由良宛だとも言わなかったけど」

「なっ」

「俺がついた嘘は、たった一つ――〈ブラッド・レッド〉には布施正道の血が混ざっている、それだけです」

「き、詭弁《きべん》だ」

「そっちが勝手に勘違いしたんじゃないですか」

「ひでぇ。なんてヤツだ」

「何を怒ってるんです。俺があんたに何か損をさせましたか」

「損得の話じゃないだろ、あのな、いいか、世の中には人としてついたらいけない嘘っていうのがあって、いや、お前は嘘ついてないのかもしれないけど、そういう問題じゃなく、そもそもお前に人間性なんか期待してねーけど、っていうか、伝票に名字しか書いてないとか、お前、これ！　確信犯じゃねーか！」

「俺に謝ってほしいんですか」

なんという言い草。

開いた口が塞がらないとはこのことか。

俺はへなへなと座布団に座り直した。「もういいです」

「そうですか」

外のアスファルト道路は熱がこもってムッと暑かったが、土と緑に満たされた由良家の庭は別世界のように適温で、風通しもよかった。

どこかで風鈴が鳴っている。

涼しげな夏の音だ。

「……ホントは、殴っちまったことを謝ろうかと思ってたけど」

「ほほう」

「やめた。アホらし。ダメージ喰らわされてんのはお互いさまだ」

まったく、ホントに、これまでずっと悩んできた自分がなんだかマヌケに思える。

何がおかしいのか由良宛は「あはは」と肩を揺すって笑った。「で、ハルさん、今日はなんでここに来たんですか。まさか謝りに来ただけってわけでもないでしょう」

なんでだっけ。

一瞬、本気で考えこんでしまった。

ショックでシナプスがあちこち切れてしまったらしい。

「あ、そうだ。思い出した」肩にさげていた筒状の図面ケースを開けて、ずるずると掛軸を取り出す。「これ」

「ああ」

「返す」

「いりません」

「いや、俺だって、こんな」

「いらないなら燃やしてください。俺に燃やされるより実の息子に燃やされたほうが布施正道も納得するでしょう。なんなら今ここで燃やしますか」

そう言われて初めて、自分が手にする掛軸を直視する気になった。

「燃やす、って、そんな」

別に、燃やすことはないだろう。制作者《オヤ》がどうあれ、作品《コ》に罪はないはずだ。大事にしてくれる誰かのところで幸せになったらいいだけの話で……でも、そうか、諸般の事情により〈スペードのクイーン〉には嫁のもらい手がないんだったな。

掛軸を図面ケースに入れ直し、きっちりとフタをした。

「じゃあもらっとく」

由良宛は「おや」と首をかしげた。「意外な反応だ。どこの女のものとも知れない血がついた絵なんかいらねぇ！　キモい！　布施正道嫌い！　とか言って放棄するものとばかり」

「……あー、確かに、キモいとは思うよ。納得もしないし、理解もできん」

「じゃ、なぜ急に素直になったんです」

「うーん」俺は言葉を探しながら、図面ケースを脇に置いた。「そうだなぁ、布施正道の痛々しさに耐性がついた……というか、諦めがついたんだな、平たく言えば。布施正道の問題から逃げ回ってばかりもいられない立場だろ、俺は。それなのに、あいつのやらかしたことにいちいち動揺してたら、身が持たない。だからもう、ちょっとやそっとのことでは心が折れないように、とりあえず、前向きに諦めてみることにしたんだ。しゃーねーな、ハイハイ、やっぱりどうしようもないオッサンだよ、って、そう思うようにした」

「へぇ」

「お前の言った通りなんだ。大した事実じゃないんだよ、俺が布施正道の息子だなんてことは。それ言われた瞬間はめっちゃムカついたけど……でも、ホントのことなんだ。図星だからムカついたんだ」

「………」

「うん。だから、布施正道の絵に付着してるのが血だろうが鼻クソだろうが精液だろうが、もう驚かんよ、俺は。うざッ！　キモっ！　とは思うけど」

「前向きに諦める、か。なるほど……」由良宛は小さく頷き、屈託なく笑った。「見習いたいな」

　ふむ。

　こいつ、自宅でくつろいでいるせいか、なんだか言動や表情に角《かど》がないぞ。

　今なら、答えてくれるんじゃないか。

　そんな気がした。

「あのさ、訊いていいかな」

「答えられるかどうかは分かりませんけど訊くだけならお好きにどうぞ」

「その癪に障る物言い、非常にお前らしい」

「どうも。で、訊きたいことってのは？」

「えーと……」

　布施正道が絵を贈ろうとしていた「ある人」ってのは誰だ？

　お前とはどういう関係なんだ？

　これが最後にして最大の謎だ。訊きたい。

　しかし同時に「今でなくてもいいのでは」という想いもあった。

一瞬、葛藤する。

結局、俺の口を突いて出た問いは。

なんで自分の家でそんな格好してるんだ？

「へ？」虚を衝かれたらしい由良宛は、自分の格好を見下ろし「ああ、これ」

「由良家ではスーツが普段着、ってことはないよな」

「もちろん。これは、このあと、ちょっと、知人の法事がありまして、それで」

「え、そうなのか。じゃあ忙しいときに来ちゃったんだな。タイミング悪かったな」

「いえ、いいんですよ、全然。まだ時間がありすぎて暇だったから将棋なんかしてたんだし。しかも俺、負けてたし。無効になってラッキーと思ってるくらいです」ふふ、と肩をすくめる。「そう、そうだな、今日っていうのが、また……」

「ん？」

「俺は神さまとか信じてないけど、でもやっぱ、こういう巡《めぐ》り会わせを思し召しって言うんですかね」

思わず首をかしげた。

彼らしくもない言い分だ、と思って。

「そんなに負けたくなかったのか、将棋」

謎のような笑みを浮かべる由良宛は軽くかぶりを振ると、おもむろに「飲むもん、持ってきますよ」と立ち上がった。

のろのろと廊下を進み、
こちらに背を向けたまま、ぼそりと呟く。

「実を言うと、俺は、ホッとしてるんです」

「え？」

「俺は、自分の判断は間違っていたんじゃないかとずっと恐れてた。でも、結果として、誰からも文句の出ない人間の手に渡すことができた。しかもその人はちゃんと生きてる。贈り物を届けるなら生きてる人間相手のほうがいい。そうでしょ。死者と死者をつないだところで、誰が喜ぶんです」

どこかでまた風鈴が音を立てた。

その澄みきった音に重ねるように、由良宛は呟いた。

「俺は運がいい」

意味が分からない。

分からない、が。

「お前みたいな冷血野郎でも、自分の判断が間違ってるんじゃないかと不安になることがあるのか？」

顔を半分だけこちらに向け、由良宛はニヤと笑った。「そりゃあ、もちろん」

角を曲がって、由良宛の姿は見えなくなった。

足音が遠ざかっていく。

由良家の縁側で一人になった俺は、なんとなく、そばにある将棋盤を眺めた。

やはり玉将が劣勢のようだが。

さて。

実を言うと、俺が今日ここに来たのには目的があった。もちろん、〈スペードのクイーン〉を押し返そうと思っていたことも目的の一つではある。しかしそれとはまた別に、由良に、正確には由良彼方に、頼みたいことがあったのだ。

昨日俺は、バスケサークルの先輩である利根さんに飲みに誘われ、その席で、ある彫刻家先生のところでアシスタントをしてほしいのだが、と頼まれた。その先生、何やら腰をひどく痛めてしまい、急ぎの制作に支障を来たしてしまったんだとか。そこで急遽《きゅうきょ》のアシスタント募集と相成った次第。山の中のアトリエで、何日か泊りがけになるらしい。とりあえず俺は行くことにしたのだが、もう一人くらい増えるとみんなが助かるそうで——

冷たい麦茶を持って戻ってきた由良宛に、その旨、説明する。

話を聞き終えると由良宛は顎に手を当て「うーん」と考える素振りを見せた。「それは俺が行くってわけにいきませんね」

「そりゃそうだ」

「山の中、ねェ」

「弟くんに頼んだら、どうかな、来てくれるかな？」

「たぶん大丈夫だと思いますけど。とりあえず、本人呼んできましょうか」

「あー、うん、頼む」

と言いつつ、内心ちょっと不安だった。

だって。

こいつの、双子の、弟、だぞ？

心の中を透視でもしたのか、由良宛は「ご心配なく」と、俺の肩を軽く叩いた。

「彼方は、俺なんかよりずっといい子ですよ」

そして、意味ありげに微笑む。

「俺よりよっぽど複雑だけど」

……ははぁ、そいつァ難敵だな！

絶望的な恋をしているのかもしれない。

1

「相手はどんな人？」

「美人です。私なんかよりずっと」

「うッそ、超見たーい。ねー、写メないのォ」

「それがね、彼、嫌いなんです。写メも写真もプリクラも」

「じゃあ会わせて～」

「ダメダメ。ヒデさんに盗られちゃうもん。ヒデさん、魔性の男だもん」

カメラマンのヒデさんはシャッターを切る手を止めて「何それぇ」と笑った。

実際、ヒデさんは業界でも有名な魔性の男であった。

ヒデさんに目をつけられた男は、そのケがあろうがなかろうが、数日のうちに必ずヒデさんに抱かれるという……。まるでヘタなエロ漫画の如きアワワなアビリティだが、ほぼ事実と言って遠からずだから恐ろしい。「彼」に限って男に転ぶということはないだろうが、それでも万が一、十万が一、百万が一、ということもある。リスクを冒してまで魔性の男に会わせようとは思わない。

そんなヒデさんだからこその長所もある。女にまったく性的関心のないヒデさんに、女である私は警戒心を抱く必要がない。短時間で信頼関係を築くことができる。安心して一対一になれる。リラックスして撮影に臨めるということは、結果としていい一枚を生み出すことにもなる。ストレートなカメラマンがいけないという意味ではないが、気楽でいられるということは、少なくとも私にとっては重要なのである。他の女がどう思ってるかは知らん。

それに、ヒデさんと話すのは、楽しい。癒される。私が知っている優秀なカメラマンというのは押し並べて気さくで会話上手だが、ヒデさんは、男に恋するということを知っているという点で大きく違う。それでいて男の目線で相談に乗ってくれる。女の子同士の恋バナでは得られない解決法を与えてくれたりする。

「もうちょっと後ろ寄りかかって、そう、いいね！　はい！　オッケー、綺麗《きれい》だ！　いいカンジだよ。じゃあ、Aちゃん、今度はベッドにゴローンしてみようか」

「はーい」

私がAと名乗ってグラビア仕事をするようになってから、一年近く経つ。

おかげさまで人気はそこそこあるらしく、今度、写真集を出せることになった。出版不況と言われて久しい昨今、写真集を出せるようになることがグラビアアイドルの一つの到達点である……らしいので、ほんのり頑張ろうと思う。

本日は、郊外にあるプール付きのハウススタジオを使わせてもらっている。着用してるのは白いビキニ。レースっぽい透かしがあしらわれていて、水着というよりは下着と呼んだほうがよさそうなデザインだが、まぁ、こういうのがいいんでしょうよ。

「もうちょっとこっち顔向けて。もうちょっと顎《あご》上げるー、そうそう。いいねいいね。目線上に。いいねー。睨《にら》んで睨んで。Aちゃんの売りは挑発的な眼差しなんだからこっちガンガン睨んじゃって。オッケー。笑顔なんかいらないわよ」

「それってどうなの」

「いいのよー、生意気そうで気が強そうでお堅そうなこのカワイコちゃんがどんなふうにやらしくなるんだろうと妄想するのがオツなんだからー。ツンデレってヤツよー」

「ははは」

写真は〈瞬間〉を切り取る。十九世紀に写真機が登場するまで〈瞬間〉という概念は存在しなかったと言ってもいい。その技術は魔術めいてさえいる。誰《だれ》かの笑顔も、同じ模様は二度と描かない雲の動きも、目には見えない風の通り道も、盛りを過ぎれば衰えるばかりの女の美しささえ、〈瞬間〉として切り取って、手に取れる物質の内に封じこめ、〈永遠〉に変換してしまうのだから。考えてみれば異常な業《わざ》だ。昔の人が写真機を前にして「魂を抜かれるのではないか」と恐れたのも、この技術に内在する異常性をどこかで感じていたからかもしれない。

写真というのは、ある意味、背徳行為の産物なのだろう。

とはいえ、私も含めたグラビアアイドルと呼ばれる女たちが自分の最も美しく映える〈瞬間〉を切り売りできるのは、写真があるからに他ならない。グラビアアイドルたちは写真によって生かされているのだ。また、最も美しく映える〈瞬間〉が誰にでも切り取れるものではない以上、カメラマンというのはグラビアアイドルにとって、願いをかなえてくれる魔法使いのようなもの。

背徳に縋《すが》って生きる女《ワタシ》たち。

わははは。

魔法使いであるところのヒデさんが問う。「ハード面は分かったけど、ソフト面は？」

「え？　何？」

「その彼」

「あー、んー、超ブラコン」

「マジで」

「マジマジ。弟大好き。もうお手上げ」

と言いつつ本当に両手を挙げながら、髪をかきあげてみせる。

フラッシュが浴びせられる。

「本人は巧妙に隠してるつもりなんだろうけど、そばで見てたらモロバレなんですよね」

「でもマザコンよりマシじゃない？」

「うーん、まぁね、ビミョーですけどね」

「マザコンは厄介よー」

「あー、でも、」

ふわふわの大きな羽根枕にムギューと抱きついて、ごろりと横たわってみる。

フラッシュが浴びせられる。

「恋人の立場で考えると、相手の男がマザコンなのは勘弁だけど、でも、自分に息子がいたとして、母親の立場になって考えたら、息子にはほんのちょっとでいいからマザコンでいてほしいかも」

ヒデさんはハッハッハと男らしく笑った。「ワガママだねー」

「だってだって、息子って愛する男と自分のハイブリッドじゃないですか。可愛くないわけないじゃないですか。愛しいものは独占したいでしょ」

「過ぎた独占欲は身を滅ぼすわよォ」

あら。

魔法使いのアドバイス。

私の好きな人は、私よりも美人だ。

しかも優しくて礼儀正しくて。

要領がよくて何事にもソツがなくて。

綺麗好きで、料理も上手。

そして、誰よりも頭がいい。

こんな男が他にいる？　「彼」と並べてしまっては、他の男なんてどれもこれも霞《かす》んでしまう。金メダリストも。映画スターも。一国の首脳も。全員一律でカボチャかジャガイモだ――「彼」以外の男がみんなカボチャかジャガイモに見えてしまうので、私は他の男に魅力を感じることができなかった。

私がまだ花も恥らう高校生だったある日、友人だった娘《こ》（名前忘れた）が「カレシできたの。同じ予備校に通ってるの」と言って、携帯電話のカメラ機能で撮影した当該男子の画像を見せてきた。それを見た私は、率直な感想として「へえ、すごいね」と言った。それは「あんたまさか、この昆虫のような男と手をつないだりキスしたりそれ以上のことをするつもり？　へえ、すごい勇気／趣味／自己犠牲精神ね」という意味だったのだが、あまりにも多くの単語をセルフ検閲削除したため、意味が正確に伝わらなかったらしい。その友人は幸せそうに笑って「ありがとう！　あんたも早くステキなカレシ作りなね」と、まことに見当違いな答えを返したのである。

いや、まぁ、誰が誰と付き合おうが別にいいんだけどね。

っていうかどうでもいいんだけどね。

昔も今も、私は「彼」がいればそれでいいんだし。

うん。

そもそも、私がグラビアなどというものを始めたのは、「彼」に私を見てほしかったからなのだ。

ねぇねぇ、私こんなに綺麗なんだよ、私だって成長してるんだよ、小さな女の子のままじゃないんだよ、みんな綺麗な私を羨《うらや》むんだよ、みんな私を欲しがるんだよ、みんな私を汚したがるんだよ、そんな私が欲しいのはあなただけなんだよ、肌のすみずみ全部あなたのために磨いてるんだよ、私はあなたのために綺麗になったんだよ、私を汚していいのはこの世であなただけなんだよ――その事実を、間接的にしろ直接的にしろ、「彼」に突きつけたかった。

毎日のスキンケアとヘアケア。カネと時間を浪費する永久脱毛。切っても切ってもどうせ伸びてくる爪《つめ》に対する不毛なトリートメント。数ヵ月後には着なくなる流行ファッションのチェック……正直アホらしいと思う。でも苦ではない。全部「彼」のためにやってることだから。「彼」に一目見てもらうためだけに。「彼」に一声かけてもらうためだけに。

アーちゃん。アーちゃん。好きだよ。だからこっち向いて。

「この敵ってさ……ねぇ、アーちゃん、ちょっ、こいつ、ダメージ与えられないんだけど、うわ、どうすればいいの？　武器？　武器を変更すればいいの？」
「ああ、そいつ、プロテクター剥《は》がさないと通常攻撃効かないんだよ」
「ええ、何それ、って、あ！　まずい！　やだっ！　どうしよう！　死ぬ！　死ぬー！

どうすればいいの!? エスケープ? ボス戦ってエスケープできる?」

「待つんだ。とりあえず落ち着いてHPを回復させるんだ。このままではお前はあと一撃で死ぬ」

「ええええ待って待って……ッあー! 死んじゃった……」

テレビゲームの話である。

私自身はコントローラーを握ってボタンを押してただけだからダメージなんて受けてないんだけど、今の今までテレビ画面の中で私の分身として戦っていたキャラクターがポックリ死んでしまうと、やはり脱力してしまう。

床に直座りしてソファにもたれかかっていたアーちゃんが、クスと笑った。

ソファに座っている私には、アーちゃんの後頭部しか見えないけど、いつものあの笑顔を浮かべているんだろうってことは、手に取るように分かる。

「ヘタだな」

「……ふん」

うまいうまい、と褒められるより、ヘタだな、と苦笑されるほうが嬉《うれ》しいのはなんでだろう。

私はむくれたふりをしつつ、ワイヤレスのコントローラーをアーちゃんに押し返した。「これ、ノーマルモードじゃないんでしょ。難易度高いんでしょ。それでボスのところまで行ったんだし、私にしては上出来だよ」

「まぁ、そうかもね。さっきのボスじゃないけどね」

「え、あ、そう」

アーちゃんはゲームが好き。

私はアーちゃんがゲームやってるのを隣で見ているのが好き。

私はゲームのことがあまりよく分からない。正直、ずっと見ていても、アーちゃんが今一体どのキャラを使ってどういう操作をしているのか、分からなくなることがある。とはいえ、今日々のゲームはムービーとかエフェクトとか凝ってて綺麗だから、見ているだけでも飽きない。したがって「見てるだけじゃ退屈」なんて思うことはないのだが、それでも、隣でただ見られているほうとしては退屈させているような気になるのだろうか、優しいアーちゃんはときどき私にコントローラーを渡して「やってみれば」と促した。そういうとき私は素直にプレーするが、大抵は今のように、すぐにゲームオーバーしてしまうのだった。

アーちゃんはコンティニュー選択して、黙々とプレー再開する――や否や、私がさっきまでやっていたのと同じゲームとは思えないくらいのスムーズさでバサバサと敵キャラを倒し、どんどんステージ攻略していった。というか、もう、コントローラーのボタンさばきからして違う。私はほとんど何も考えず適当に押しているが、アーちゃんは頭を使い一定の法則のもとでボタンを押しているらしい。しかもとんでもない速度で。

他の誰かと明確に比較したことはないけど、でもアーちゃんはたぶん、ゲームがめちゃくちゃ巧い。

ゲーム中のアーちゃんの上体には、特に腕には、触れてはいけない。コントローラーを精密に動かすために、ものすごく神経を集中させているから。

それが暗黙のルール。

それさえ守っていれば、どんなにそばにいても、うるさがられない。

私はソファからずるりと下り、アーちゃんの隣に膝《ひざ》を抱えて座った。

「やっぱり見てるほうが性《しょう》に合ってる」

「左様でございますか」

これも、幾度となく交わされてきた会話だ。

でも、交わすたび私は新鮮に幸せを感じる。

アーちゃんは母方のいとこである。由良家《ゆらけ》に嫁いだのが姉の桂子《けいこ》、アーちゃんのお母さんで私の伯母《おば》。小矢部《おやべ》家に嫁いだのが妹の楓子《ふうこ》、私の母でアーちゃんの叔母。二歳違いの姉妹である桂子と楓子は双子のようによく似ており、その子どもたちは揃《そろ》って母親似であった。すなわち私とアーちゃんもよく似ている。

もともとかなりご近所さんだった由良家と小矢部家は、子どもの年齢が近いこともあり、また姉妹の仲がよかったこともあって、昔から行き来が盛んだった。小矢部家は由良家の子どもの避難場所だったし、由良家は小矢部家の子どもの遊び場だった。

すっかり長じた由良家の子どもは、昔のようにおいたをして小矢部家を避難場所にするようなことはなくなってしまったけど、私は今でも由良家のリビングにしょっちゅう我が物顔で上がりこみ、テレビの前に陣取って、子どものときとなんら変わらない熱心さでアーちゃんの勇姿を見守っている。

ふふふ。

先月、高専を無事卒業したアーちゃんは、総合精密機器メーカーに就職し、四月現在、研修中の身だ。成績優秀だったのに、迷いなく地元での就職を選んで家に留まったことに関して、親戚《しんせき》の一部からは「もったいない」という声も上がった。でも私としては大歓迎。以前と変わらずこうして一緒にいられるのだから。

ふふふ。

「ねぇアーちゃん」

「うん」

「今日ね、社長さんにね、ラジオやってみないかって言われちゃった」

テレビ画面に目を向けたままアーちゃんは「へぇ」と淡白な反応。聞いているのやらいないのやら。

「番組名忘れちゃったんだけど、すっごい人気番組らしいの。若い人向けの。その中のワンコーナー。ブレイク寸前と見なされた女の子が五人、曜日ごとにそれぞれ受け持って、十分間だけパーソナリティーの真似事をするんだ。基本的には、全十二回をこなしたら次の娘《こ》にバトンタッチなんだけど、好評なら続投もアリで、ここで話題になった娘《こ》は、人気バラエティ番組のレギュラーもらえたり、映画の話が来たり、歌手デビューしたりしてるんだって。言わば一流芸能人への登竜門ね」

「ふぅん」

「ねぇ。私がそのラジオに出たら、アーちゃん、聴いてくれる？」

「聴かないだろうな」

「なんで？」

「我が家にはラジオを聴く文化がありませんので」

「そう。じゃあ断ろっと」

Ａというグラビアアイドルは、テレビ出演の話もラジオ出演の話も蹴《け》り続け、大手メディアのインタビューも断りまくり、さらには今どきブログの一つさえ持っていない——その理由は、アーちゃんが「聴かない」「観ない」「興味ない」と言うからに他ならない。世間が憶測するように、なんらかの秘密やポリシーがあるわけではなく、ましてや「Ａは口をきくことができない」わけでも「Ａは生身の女ではなくフルＣＧ」なわけでもない。

Ａの目的はあくまでアーちゃんの気を引くことであって、この業界でのし上がっていくことではないのだ。アーちゃんが「聴かない」「観ない」「興味ない」ものに出しゃばっても意味がない。というわけで、現在、Ａが姿を見せるのは「アーちゃんが目を通しそうな雑誌のグラビア」もしくは「アーちゃんが聴きそうな歌手のＰＶ出演」くらい。これからも、よっぽどのことがない限り、この調子だろう——

こんな私は、ファンを蔑《ないがし》ろにする裏切り者だろうか。

そうかもね。

でも私、幾多の崇拝者より、たった一人の男が欲しい。

と、

こんなふうに仕事を選り好みしてるようなヤツがそうそう長続きするとも（本人でさえ）思えないのだが、おかしなもので、Aが活動の場を限定すればするほど「謎《なぞ》の美女あらわる」的なプレミア扱いは定着していき、耳目《じもく》は集まり人気は高まり、結果として仕事のオファーが途切れることはなかった。秘密主義なところがミステリアスで「いい具合」なんだって。世の中狂ってるね。

2

五月下旬のこと。

事務所に顔を出すと、片瀬《かたせ》さんと鉢合った。片瀬さんというのは、写真集を出してくれる出版社の担当編集者。ちょうど、くだんの見本誌を持ってきてくれたところだった。

私のファースト写真集、『gAme』。いよいよ六月半ば発売。

「わーい、見よう見よう」

私と、私のマネージャーの塩田《しおた》さん、そして片瀬さんで打ち合わせ用のテーブルを囲み、チェックの意味も含め、各自『gAme』に目を通す。

長く時間をかけて作っていたものがこうして形になるのはやっぱり嬉しい。

表紙は、シンプルな正面立ち。髪はおろしっ放し。カメラを睨むような目線。ボーイレングスのパンツ一丁という半裸の上に、男物XLサイズのごっつく分厚いダークグレーのロングコートを羽織っている。ハードなコートから覗《のぞ》く、白くてころんと丸いDカップのライン、おへそ、内腿《うちもも》が、柔らかそうで瑞々しくって、そしてほんのりやらしくて、我ながらいいカンジ。装丁もタイトルロゴもカッコよい。が。


危険で、不思議で、超キュート。

ここにしかいない、あなただけの女神〈A〉――


なんだこの気の抜けるようなオビ文句は。

仮にもグラビアアイドルに「危険で不思議」はないだろう。未知の深海生物みたいではないか。

思いっきり白《しら》けている私に、敏腕編集者・片瀬が満面の笑顔で言う。

「あ、それね、僕考えたんだけどね、パンチ効いてるでしょ？　なんせあの蟻田《ありた》くんを病院送りにした御仁《ごじん》だからね、Aちゃんは」

片瀬が言っているのは、私がグラビアデビューしたばかりのとき、私の控え室になんの前触れもなく（ホントになんの根回しもなく）突撃取材に来た若手お笑い芸人を、私自身が、たまたまそこにあった金属バットで殴り倒した事件のことである。

お笑い芸人に一切の関心を持っていない私は、蟻田某（フルネーム忘れた）のことも、彼が担当しているネット配信用動画コンテンツ『きゃぴっとアイドル☆楽屋訪問』の存在も、知らなかった。

このミニ番組は、頭のぬくそうなタイトルが示す通り、新人アイドル（グラビア系でも歌手系でも女優系でもなんでも）をフィーチャーする目的で、蟻田某が女の子の控え室をアポなし訪問する、というものだが——悪趣味なことに、この一部始終は、蟻田本人が持つデジタルビデオカメラによって録画されるのであった。

控え室で一人リラックスしているところ、デジタルビデオカメラをかざした異様にテンションの高いキモメンに突如乱入されれば、これを変質者と勘違いしたとしても致し方あるまい。

私は自分の身を守るため、そのときできる最善の策を講じたまでだが、蟻田某は病院送りとなり（額が割れたため出血は多かったが幸い大した怪我ではなかった）、『きゃぴっとアイドル☆楽屋訪問』の配信予定も一部変更となった。

もちろん関係者には箝口令《かんこうれい》が布かれた。しかし、人の口に戸は立てられぬとはよく言ったもので、この件はじわじわ広がり、今や、業界内で半ば伝説化している。うざい。

私の中ではこの一件は「忘れたい過去」にカテゴライズされているというのに。が、思えばあの一件があったからこそ、私の「仕事選り好み」もある程度容認されるようになったような気がする。

だからって別に感謝しないけど。

「Aちゃんのキーワードっつったら、やっぱ〈ミステリアス〉に限るんだけど、でもそれだけじゃインパクトに欠けるからさ。ミステリアスなだけじゃなく、触れたらリアルに火傷するようなデンジャラスガールでもあるんだぜ、ってことをアピールしようかと思って。で、このような形になりました。我ながら、なかなかキャッチーになったと思うよ」

「ほう」

私が発する剣呑《けんのん》な空気を察したか、隣に座る塩田マネージャーが顔を強張らせる。

空気読めてない片瀬ばかりが饒舌《じょうぜつ》だ。「それにしても、蟻田くんとのエピソード、ホントおいしいよね。僕もいつかAちゃんに殴られて伝説になりたいよー。なんちゃって。あははは」

「……ははは」

お望み通り殴ってやろうか。

私はテーブルの上にあったガラス製の重々しい灰皿を鷲掴《わしづか》みにし、中に溜《た》まっていた煙草の灰をばらまきつつ、片瀬の丸い顔に引っかかっているダサい眼鏡に狙《ねら》いを定めて灰皿を振り下ろし、レンズを粉々にして片瀬の両目を文字通り潰《つぶ》し、ギョーと首紋められた鶏みたいな声を上げてのけぞり床にぶっ倒れた片瀬にさらに馬乗りになって、顔面グチャグチャになるまで何度も殴りつけ、

幾分スッキリした。

私の妄想の中では一回死んでる片瀬がにこやかに言う。「でね、写真集発売に合わせてうちの雑誌に載せるグラビアについてなんだけど――」

その後、打ち合わせが終わるまでの間に四度も私をイラッとさせた片瀬は、三十回ほど惨殺された。

3

その日は朝から撮影だった。

今日の仕事は、月刊情報誌の表紙撮りである。水着にはならない。

初対面の魔法使い《カメラマン》が、雑誌の編集者と共に、私とマネージャーに挨拶《あいさつ》をしに来る。

「よろしくお願いします。いやー、やっぱAちゃんすごく可愛いね」

「ありがとうございます」

「もうすぐ写真集出るんだよね？　楽しみだなぁ」「絶対買うよ。なんせAちゃんのファースト写真集だからね、絶対売れるだろうね」

「そうだといいんですが」

「今回だけとは言わずに、またぜひ一緒にお仕事させてもらいたいなぁ」「Aちゃんが表紙に来ると販売部数が跳ね上がるんだよ。これホントね」

はいはい。

「ありがとうございます」

紋切型紋切型。

郊外の公園での撮影を終えた後、スタジオに移動。夏向けのワンピースに着替え、へアメイクもバッチリ完了させる。撮影開始までまだ間があったので、控え室でダラダラしていると、携帯電話が着信音を鳴らした。

高校三年のときのクラスメイトで、今でもよく会う友人からだった。

中高一貫の女子校を卒業後、進学も習い事もバイトもしていない私がプライベートで連絡を取る相手なんて、ごく限られている。

パラ読みしていた女性誌を放り出し「もしもし」と電話に出る。

『どもー、おつー』

「おつ」

『仕事終わったの？』

「休憩中」

『そうかそうか。ねー、十二日の夜、ヒマ？』

「また合コンじゃないでしょうね」

『いいじゃん、来てよー。おごるから。あんたってホントいい客寄せパンダなのよ』

「本人に向かって言うか、客寄せパンダとか」

『はっはー、サバンナの原住民もフル装備の特殊部隊も、獲物を狩り出すためにはデコイを使うじゃない。女子大生がいい物件をゲットするために同じことをして何がいけないの。使えるものは友だちだろうがなんだろうが利用するわよ』

「とんだトモダチだな。いいだろう。あんたの逞《たくま》しさに免じて使われてやる。でも私はすぐ帰るからね」

『やったー！　ありがと！　あー、あんたって例のイトコさん以外、眼中にないし、男は男でA見たさにこぞって寄ってくるけど高嶺《たかね》の花すぎて結局手ェ出さないし……ホント助かっちゃいますよ。持つべきものはグラビアやってる友だち』

「褒められてる気ィしないんですけど」

『へへへ。じゃあ場所と時間決まったらメールするし！　あ、ところでさ、坂井《さかい》先生って覚えてる？』

「覚えてるよ」

『あのオッサン、結婚したんだって』

「うッそ！」

『ねー、ありえないよね！』

「どこの菩薩《ぼさつ》がもらってくれたの」

『さー、お見合いだったらしいけど、なんにせよマジ菩薩だよね』

「あの男を許容できるのは菩薩だけでしょ」

『ねー、だよねー、生け贄《にえ》だよねー。でねー、なんかもう子どももいるみたいなの』

「……え」

『人間やればできるもんだねー。うちらが在学中のときはさ、あいつぜってー一生涯童貞だべ、妖精《ようせい》になるのも夢じゃない、とか言われてたのにさ。無害童貞と認定されたから女子校に採用されたんだろー、とか。あ、ヤベ、電車来た。もう切るね。じゃまた後でメールしますんでー』

「あ、うん」

通話を終えた後も、携帯電話を握ったまま、しばしぼんやりする。

……あの坂井先生も、人並みの幸せを掴《つか》んだんだなぁ。

口さがない生徒たちから散々「芳しき童貞臭」だの「女子校に瞬く童貞の星」だのと茶化され続けていたあの人にも、よい出会いはあって、家庭を持って子どもを授かるという幸福は訪れたのだ。

では、私は？

自分の幸せと他人の幸せを比較しても虚しくなるだけだと分かっているけど、でも、どうしても考えてしまう。「私はどうなの？」と。他人のことを茶化してバカ笑いする私は。生身の人間をタコ殴りにして病院送りにする私は。ちょっとムカつく程度のことで簡単に殺意を抱く私は。他の男なんてくだらないと見下している私は。自分のことだけを考えて他人を蔑ろにする私は。

今、ちゃんと、幸せ？……

控え室のドアがノックされ、塩田マネージャーが顔を出した。

「Aちゃん、お待たせ。始めるって」

「……はい」

熱を持ったみたいにぼんやりした頭をどうにか支えながら、ふわふわした足取りで雑然とした廊下を歩き、白いライトに照らし出された気温の高いスタジオに入る。ここには一回こっきりのグラビアを撮るために働いている人がいっぱいいて、みんなでAを迎える。

Aは元気よく愛想よい声で挨拶をする。

営業スマイルで紋切型のやり取りをしながら、Aは全然別のことを考えている。

私も子ども欲しい。

アーちゃんの子どもが。

その方法しかないような気がする。

その方法でしか彼をつなぎとめられないし、
私自身も、必要とされている確信を持つことができない、
そんな気がする。

「ねぇアーちゃん、結婚しよう」

「いいよ」

テレビのゲーム画面から一切目を離さないまま、あっさり答えやがった。

……うーん、真面目に取り合ってくれないなぁ。

まぁ当然か。物心ついたときから「アーちゃんのお嫁さんにして！」「いいよ」という会話は幾度となく繰り返されてきたのだ。今さら真面目に受け取れというほうがムリなのかも。いや、それより、この歳になっても未だ幼児のときと同じ扱いの私って一体。

いつもと変わらぬ由良家リビング。床に直座りしソファにもたれかかってゲームしているアーちゃん。ソファに座ってアーちゃんの後頭部を眺めている私。すべてにおいて、さほど珍しくない状況だ。

これじゃあ、どうにも……進展しないよねぇ……

どうしたもんかな。

とりあえず、

「ねぇ」

こっち向いて。

足の裏でアーちゃんの背中を軽くふみふみする。暗黙のルールをあえて破って。

アーちゃんはスルーを決めこんだようだったけど、

「ねーえ！」

ふみふみふみ。

さすがに鬱陶《うっとう》しくなったのか、一時停止ボタンを押したアーちゃんは「やめなさい」と不機嫌そうに振り返った。

「ねぇ」

「なに」

「膝枕《ひざまくら》」

「いい」

「違ーう。してあげるって言ってるんじゃないの。してって言ってるの」

アーちゃんは一瞬「は？」という顔をしたけど、反論する前に反論はムダと悟ったか、素直に腰を上げてソファに座った。

やったー。

私はごろりと横たわってアーちゃんの腿に頭をのせた。正直、人間の腿なんて、寝心地のいいものではない。でもこういうのは寝心地どうこうの問題ではないのでね。くっつくことができればそれでいいのでね。だって上体に触っちゃダメなんだからこうするしかないじゃない。

テレビ画面の中では、プレイヤーキャラクターが派手な大技でモンスターを叩《たた》きのめしている。

私は目を閉じた。「いとこ同士は鴨《かも》の味、ということわざを知ってますか」

アーちゃんの声が上から降ってくる。「それ、ことわざか？」

「ことわざらしいよ。辞書に載ってたもん。私、やらしい意味かと思ってたんだけど、単に、いとこ同士の夫婦はとても仲がいいって意味なんだって」

「結局やらしい意味なんじゃないのか」

「そう？　どっちでもいいよ。ねぇ、結婚できるってことは子ども作ってもいいってことだよ」

「私とアーちゃんが結婚したとして、子どもは何人くらい欲しいですか」

「そうだな」

「俺、自分の子ども、いらない」

思わず目を開けてしまう。

視線を上げれば、アーちゃんの顎と鼻の穴が見える。

アーちゃんは改めて言った。「欲しくない」

「どうして」

「たぶん愛せない。幸せにできない。それなら最初から作らないほうがいいだろ」

おかしな話かもしれないが、私はその言葉に、未だかつてなかったほど傷ついた。

自分でも不思議に思うほどショックを受けた。だって、なんだか、今の――私が言われたような気がしたんだ。


お前のことは愛せない。

お前のことは幸せにできない。

だからお前はいなくてもいい。

お前のことは欲しくない。

そう言われた気がしたんだ。

もちろん、アーちゃんにそのつもりがないのは分かっている。これが私の錯覚で自意識過剰で被害妄想なんだと分かっている。それは分かっているんだけども。

でも。

「俺と彼方《かなた》は遺伝子同じだからな。俺が子ども作らなくても、彼方が作れば、とりあえず遺伝子は保持できるし、問題ない」

冗談なのか本気なのか判別できない口調。

……は。

問題ない、ってか。

「ふふ」

笑うな。

笑うんじゃなくて、今の言葉で私は傷ついたんだってことを、ちゃんとアピールしなきゃ。

このままだと誤解されてしまう。

こんなこと言われても笑っていられる娘《こ》なんだ、と思われてしまう。

「ふふ」

笑うなってば。

私は腕を伸ばして、アタカの顎を撫《な》でた。

「アーちゃんは欠陥人間だね」

「今さら何言ってんの」

あーあ。残酷なことをさらっと言ってくれやがる。

改めて思い知らされる。

アタカは誰のことも好きにならない。

誰のものにもならない。

それはつまり、
私のことも好きになってくれないということ。

私のものにはなってくれないということ。

アタカが「優しくて礼儀正しくて」「要領がよくて何事にもソツがなくて」「綺麗好きで、料理も上手」なのは、間違いない。「そして、誰よりも頭がいい」ことも事実だ。

ただしアタカには、それらの利点を霞ませて余りある、重大かつ致命的な欠点がある。それは「決して好きになってくれない」ということ。

アタカはこれまで少なからぬ数の女の子と交際している。

だが、そのうちの誰とも、半年以上関係を維持させることができかった。

並の女なら、しばらく一緒にいれば、嫌でも気づいてしまうのだ。「この人は私のことを好きなわけじゃない」と。もちろん、好きになってもらう努力はするだろうし、恥を捨てて縋ってみたりもするだろうし、必要とあらば強硬手段に出ることもあるだろう。しかし、それほど時置かずしてまた気づくのだ。「何をしても無駄だ」と。そして絶望し、匙《さじ》を投げるようにアタカを諦めてしまう——私はそういう心の動きを熟知しているから、アタカが誰と付き合っても、無視していた。もちろん心穏やかではいられなかったけど。でもすぐに別れると分かっていたから、敢えて無視していた。

そんなことを繰り返していながら、なぜアタカはなんとも思っていない女の子との交際に及ぶか？　それは、アタカが「来る者拒まず去る者追わず」の人だからに他ならない。アタカから交際を申しこむことはまずない。すべては女の子のほうから切り出されるのだ。別れ話も然り。

眼に浮かぶようだ。

「由良くん、私と付き合ってほしいの」「いいよ」

「由良くん、私たちもう別れましょう」「いいよ」

わははは。

目クソ鼻クソを笑う。

私はいとこである分、他の女の子より有利だと思っていた。でも、違うのかもしれない。私も、他の女の子と同じなのかもしれない。いや、もしかしたら、近しすぎるという意味で、他の女の子より断然不利な立ち位置にいるのかもしれない。そのことにとっくに気づいてたけど、気づかないふりをしていたのかもしれない。私がやってること、全部、無駄な足掻《あが》きなのかもしれない。

4

アタカが「子どもいらない」と宣言した以上、私の生殖器官も御役御免なわけだが、しかし当のオ子宮サマにしてみればそんなことは知ったこっちゃないので、けなげにもスケジュール通りに通常運行なさる。

「あー、来た……」

まぁ今日あたり来るだろうと思っていたから準備はしている。

トイレを出て、スタジオの隅の休憩コーナーに戻った私は、お菓子やらメイク道具やらが雑然と置かれたテーブルの、わずかに空いたスペースにぱたりと顔を伏せた。

かったるい。

同業の中には、ピルで調節する娘《こ》も少なくない。まぁそれがプロ意識ということなんだろうし、体質に合うものであれば軽くなるし短くなるし生理痛はなくなるし、などなど、いいこと尽くめらしい。けど、私は服用しようとは思わない。だってなんだかメンドくさそう。毎日飲むとかってムリムリ。買っても絶対飲み忘れる。それに私、避妊したいわけじゃないし。あ、でも、アタカが「飲んで」って言ったら飲みますけども。……けッ！　んなこと言うわけねぇだろ、あの男が！　バーカバーカ。頭悪すぎて自分に嫌気が差すわ。はははァ、笑ってやってくださいよ。愚かな自分が嫌いです。アタカも嫌いです。バカみたい。全部メンドくさい。あーあ、もうどうでもいい。いやだ。いやだ。いやだ。なんで私こんなところにいるんだろ。くそ！　バカにしやがって。もう帰る。グラビアなんかもう二度とやらない。水着なんかもう二度と着ない。アタカなんか嫌い。

「Aちゃん、始めるわよー」

塩田マネージャーの声ではたと我に返って顔を上げた。

知らず知らずのうちに、メランコリモードに入っていたらしい。かなり重篤に。

傍らに立つ塩田マネージャーをぽかんと見上げていたら、塩田マネージャーが心配そうな顔で「大丈夫？」と訊《き》いてきた。「具合悪いの？」

「……ううん、大丈夫です」

「ホントに？」

「はい」

塩田マネージャーがこうも心配するってことは、私、相当ひどい顔してるんだろう。

私が立ち上がると、その様子を目にした撮影助手が「Aさん、入ります」と、スタジオ全体に響き渡るような大声を出した。

私は脱いだバスローブを塩田マネージャーに「お願いします」と渡した。

「ねぇ、Aちゃん。具合悪くなったら言うのよ」

「……ありがとうございます」

すでに具合悪いです。

下腹部がずっしり重くて、かすかにだけど頭痛もあるし、ホントは動きたくもないです。こんな体調なのに、薄着になって大勢にジロジロ見られるのはいやです。家に帰って鉄分のサプリメント飲んで腹巻きして眠りたいです。

でもそんなこと言ってられない。

選り好みしている以上、選んだ仕事は全力でやる。そう決めている。

そうでもしないと保てないものもある。

営業スマイルを浮かべつつ、私の強力な武器の一つであるロングヘアをふわりとなびかせ、魚のような軽やかさで振り返る。

「よろしくお願いします！」

女の子ってーのはゴボゴボと血を流しながらニッコリ笑って仕事するのだ。


今日のお仕事は、週刊青年漫画誌の巻頭グラビア撮り。創刊十周年記念号でグラビア特集を組むらしいのだが、それが、グラビアアイドル十人を一挙掲載するという、むやみに太っ腹な企画だった。

個別の撮影が終わったら、今度はみんなで並んで合同撮影である。もちろん十人で撮るのではない。メインを張る五人だけだ。で、この五人というのが「現在のグラビア界を語る上で外すことのできない精鋭たち（塩田マネージャー談）」らしい。そんな連中なら、スケジュール合わせるのも一苦労だったろうに。わざわざ合同撮影なんぞしなくても、すでに一人ずつ撮ってあるんだから、合成でもなんでもすりゃーいいじゃないの……と思うが、企画の主旨的にそういうわけにもいかないらしい。

ちなみに私はこの合同撮影というヤツが苦手である。だいたい、自分の見てくれに絶対の自信を持つ女たちが水着で寄り集まって、仕事しやすい和やかムードになるはずないのだ。しかも、集まるのはそんじょそこらの素人じゃない、弱肉強食のこの世界でのし上がるだけの我の強さとプライドの高さを併せ持った女たちだ。一筋縄《ひとすじなわ》で行くわきゃない。仮にも六年間女子校いた私だから、女社会に適応するための処世術というものはある程度身につけているが、合同撮影だけはどうにもうまくこなすことができないでいた。

これで、メイキング撮影用のカメラでも回ってりゃ話はまた変わってくるんだけど、今回はそういう企画じゃないし。

しかもしかも、今日はスズカ嬢がいる。彼女は、同じ事務所の先輩なのだが、私の仕事に対する姿勢が気に喰わないのか、何かというと突っかかってくる。同業者から好かれるようなことをしていない自覚はあるので嫌われるのは別に構わないのだが、直接的に攻撃されるのはやはり面倒で鬱陶しい。

と辟易《へきえき》しているそばからスズカ嬢と目が合う。

「ああ。Aちゃん。この仕事は受けたんだァ」

来たよ来たよ。

雑談なのか厭味《いやみ》なのか判然としない微妙なラインでネチネチ迫る精神口撃《こうげき》。

私としては是非とも無視したいところだが、前々から塩田マネージャーに「無視はいけません」と言われている。

というわけで迎撃。

「はい。お声かけていただいちゃいました。すごく大きな企画だったのでちょっと不安だったんですけど、スズカさんも一緒って聞いてなんだか心強かったです」

見よ、この猫かぶりっぷり。一分《いちぶ》の隙《すき》もなかろう。見習え、スズカ！

個別撮影が終わっていない娘《こ》がいるので、他の四人はスタジオの隅の休憩コーナーあたりで各自ダラダラしていた。後にまだ撮影を控えてるわけだし、こんなところで険悪な雰囲気になりたくない。このくらいのレスポンスが妥当だろう。

と私が気を遣っているというのに、スズカ嬢は引き下がらず。

くどくど続く会話の内容は、普通に聞いていれば何気ないものだけど、私とスズカ嬢の関係性を知っている、もしくは薄々気づいている者が見聞きすると、「うわあ」と手に汗握ってしまう。そんなカンジ。

現に、この場にいる他の娘《こ》二名は、雑誌やら携帯電話やらに視線を固定したまま、決してこちらを見ようとしない。ああ、でも、うん、そうだね、それが正しい対応だよ。我関せずの姿勢。私がそっちの立場でもそうするわ。

しかし……なんだろう、今日はやけに執念深いな、スズカ嬢。

私もいい加減うんざりしてきて、受け答えが「はぁ」とか「へぇ」とか、適当なものになってくる。

「でさ、そうそう、あのときのスタイリスト、覚えてる？」

ああもうメンドくさいなぁホントに。「はい。確か、引地《ひきち》さん」

「そうそう、よく覚えてるね。やっぱ、業界でも有名なイケメンだしね、引地くんは」

いや実際そんな男前でもないけどな。「そうですね、カッコいいですね」

「あのときの引地くんさ、Aちゃんにすごい熱い視線送ってたんだよ。髪やってるときも、Aちゃんのときだけやけに時間かかってたし、話も弾んでたし。なのにAちゃん、全然気づかないし。あー、引地くんカワイソ、みたいな。あはは」

このとき、スズカ嬢の声色・表情・挙動・言い回しに、微妙な変化があった。何がどう変わったかっていうのはうまく説明できないけど、でも、確かに変化した。

そして女の勘ってヤツがピンと反応した。

スズカ嬢は引地に気がある、もしくは、すでにデキてる。

今思い出したが、そういえば私、この前、引地からプライベートな名刺もらったんだった（捨てたけど）。それも踏まえて考えると、引地は、スズカ嬢の目の前で、私に関心を示すようなことをしたり言ったりしたのかもしれない。それで今日はこんなに執拗《しつよう》なのかもしれない……あくまで勘に過ぎないが、しかし、大方そんなようなところだろう。くだらん。

「ああいう男に贔屓《ひいき》されるのって、どう？　やっぱ気持ちいい？」

どうでもいいよそんなの。「どうでもいいです」

あ、しまった。

うっかり本音が出てしまった。

そして鬼の首を取ったかのようなスズカ嬢。「Aちゃん、さすが、余裕ぅ。男には困ってないってカンジ」

なんでそうなる。

「全然そんなふうには見えないけどぉ、でも、普段は物静かだったり、可愛く振舞ってる娘《こ》に限って、素顔は強烈なんだよね、やっぱ」

　もうたくさんだ。

　こっちゃ愛しい人の無神経な言葉に超ヘコんでるところ生理が重なってホントは仕事するのもしんどいくらいなのに無理してお前の相手してやってるんだっつーことも知らないでゴチャゴチャとくだらん因縁つけてきやがって。

「はははは」

　この女を黙らせたい。

　その一心だった。

　禁句が口をついて出た。

「そうそう。カワイコぶるのなんて簡単っすよ。何百万もかけて顔いじることに比べればね」

　普段なら、こんな地雷踏みに行くような発言は絶対しないのに、このときの私は少しどこか歪《ゆが》んでいたのだろう。

　当然、場の空気は凍りついた。

　私も「やッべ」と思ったが、時すでに遅し。

　スズカ嬢は私にツカツカと歩み寄ってくると、渾身《こんしん》のビンタをお見舞いしてくれた。

非常に強烈な一撃で、頬《ほお》がビリビリ痺《しび》れたけど、私は眉《まゆ》一つ動かさなかった。グラビアアイドルなんて表情筋を意のままに動かしてなんぼの商売なのだから、これくらいは朝飯前だ。

私はたっぷりとハッタリを利かせながら顔を正面に向け、スズカ嬢を見据えた。

「先に手を出したのはそっちだから」

というわけで私も手を出した。

グーで。

5

スズカ嬢が同じ事務所なのは幸いだった。絶対権力者である社長さんが間に入って、示談成立させてくれたのだ。私はスズカ嬢の頬を殴り、痣《あざ》をつけた。グラビアアイドルの顔に痣をつけたのである。訴訟に発展しなかっただけでも御《おん》の字だ。……で、私に科せられた実刑は？

自宅謹慎だってさ。

学生かっつーの。

まぁ社長さんにしてみたら、自分とこで抱えてる女の子は全員、娘みたいなもんだから、問題が起こっても可能な限り内々に処理しようとするし、したがって処罰も甘くなるのだろう。

この一件も、そのうち、伝説呼ばわりされるようになるのかなぁ……いや、ムリだろうな。蟻田某のときは、相手が若手お笑い芸人だったこともあって、笑い話にできたけど、今回は、女同士の陰険で醜悪でヒステリーな殴り合いだ。しかも、双方、ビキニだったのだ。女子プロレスラーもビックリだ。

「私だって、当事者じゃなく第三者だったら、ドン引きしてますよ」

独り言を言いつつ、由良家の門をくぐる。

今、アタカはこの家にいない。なんの用だか知らないけど、数日前から××県に行っている。この時期の新入社員が、わざわざ有給まで取って（大丈夫なのか、それって？）。メールでは、今日帰ってくるみたいなことを言ってたけど、どうだろう。昨日は昨日で「今日帰る」とか言っていたし。アテにならないな。

でも、アタカの不在が今は好都合だった。

なんとなく、顔を合わせたくなかったので。

そうそう。
そういえば、今日って『gAme』の発売日なんだった。
そんな日に、私は蟄居《ちっきょ》を命じられ。
一番見せたかった人は、姿を消してしまい。
うーん、
ままならぬ。

庭のほうから、何やら耳慣れない音がした。

ガン、ガン、ガン——と、硬いものがぶつかり合うような高い音。

なんだろう。

私は玄関に向かうのではなく、竹垣の戸を開けて庭に入った。

音の出所を探りながら家の裏手に回ると、縁側を下りたところで「彼」がしゃがみこんでいるのが見えた。金鎚《かなづち》を振るって、何かを砕いている。アタカと同じ顔をしているけど、あれはアタカではない。カナタだ。アタカの双子の弟。アタカと同じ容姿、同じ声、同じ遺伝子を持つ者。アタカが執着するおそらくこの世で唯一の人間。カナタを殺したら、アタカは私を見てくれるかしら。なんてね。

三年前の、夏のある日。
世の学生は夏休み真っ盛りの頃《ころ》。
すごく暑い日だった。
双子は連れ立ってどこかへ出かけた。
カナタは高校の制服を着て、アタカは黒いネクタイを着けて。
知人が亡くなったのだという。

老夫婦の片割れが亡くなったとき、残された片割れもまもなく体調を壊し、そのまま後を追うように亡くなる……とは、よく聞く話だ。いわゆる「ガックリ来た」ってヤツ。そういうのってたぶんホントにあって、しかも、年齢とかそういうの関係ないんだと思う。それまで相手がいたからこそ支えられていた部分がボキッと折れて、生きるのに必要な気力まで無くしてしまって、つまり、精神的なダメージがダイレクトに肉体に反映されるのだから、年齢なんか関係あるはずがない。
葬儀の後、カナタは倒れてしまった。

最初はみんな「夏負けしたんだろう」くらいに考えていた。本人が訴えるのは風邪によく似た症状だった。しかし市販の風邪薬が効いている様子はなかった。医者に連れて行っても「どこも悪くない」と言われた。何かおかしいと思っている間に、五日が経過した。その間、カナタは食事もほとんど受け付けなかった。カナタはどんどん衰弱していった。

ねぇ、誰のお葬式だったの？

私はアタカにそう訊いた。アタカは答えなかった。

夏の暑さがよくないのは確実だったから、文明の利器であるエアコンをつけるのだが、今度はその人工的な冷気が、弱ったカナタの体力を奪うのだった。

アタカはカナタから離れようとしなかった。

今、俺が目を離したら、彼方はホントに死んでしまう。

アタカはそう言った。

――どうしてそんなふうに思うの、アーちゃん……。

――分かるんだ。

——何が。

——分かる。

——………。

——誰だろうな、「どんなに哀しくても人間は哀しいだけで死ぬことはない」なんて言ったヤツは。そいつはホントに哀しい目に遭ったことがないヤツだ。人間は心の痛みで死ぬことができる。

アタカが死んだら、私、どうするかな。どうなるかな……と想像しただけで、どん底に哀しくなって涙が出てきた。それ以上考えていたら頭がおかしくなりそうだったので考えるのをやめた。それでも、私とアタカが死別する日は来るのだろう。絶対いやだけど、いつかは必ずその日が来るのだ。……哀しいだろうな。寝ても覚めてもこんなに哀しいなら死んだほうがマシって思うかもしれない。

カナタも同じなのだろうか。

だったらカナタもこのまま死なせてあげたほうがいいんじゃないか。

そう思った。

口にはしなかったけど。

結局カナタがそのまま衰弱死することはなかったのだが、快復した後、今度はなぜか学校の四階から落ちて死にかけていた。そこでも死ぬことはなかったが、担ぎこまれた病院で、ぶちキレたアタカに「この大バカ野郎が」と殴られ、医者や看護師を驚倒させていた。


そのちょうど一年後。

アタカは細長い巻物のようなものを手に帰宅した。

当時の私はセーラー服も眩《まぶ》しい高校二年生。とにかくアタカに構ってほしくて仕方ない頃だったから、甘えた声で彼にまとわりついた。


——ねぇ。それ何。どうしたの。

——そこの道端で懐かしい顔と鉢合って、押し付けられた。あの男、俺を彼方と間違えたみたいだな。まぁ、でも、無理もないか。双子の兄弟がいるってことも知らないんだろうし。

——それ、なんなの？

――絵だよ。

――絵？

――大したもんじゃないと思うけどね……しかし、自作の絵を贈ろうとするなんて、あいつ、創作者らしくなかなか繊細なところがあるんだな。ちょっと見直した。「自分がそばにいてやらなきゃ」なんて出しゃばったことを考えないのが殊勝でいいよ。そばに置いとくだけなら、絵のほうがずっといい。

――そうかな。

――そうだよ。ダメな男は怒鳴ったり殴ったりするけど、絵は黙って壁にかけられてるだけ。この上なく無害じゃないか。

そしてアタカは、私に真剣な顔で囁《ささや》いた。

一言一句覚えてる。

俺がこの絵を受け取ったことは彼方には絶対言うなよ。

アタカの言いつけならば私は一も二もなく従う。

でも、気になる。

どうして言っちゃダメなの？

――このことを知ったら、きっとまた倒れちまうだろうから。

あらあら。

ねぇアーちゃん。自分で気づいてる？
あなたが心を見せるのはいつもカナタが関わっているときだけ。
他のことには毛ほども心を動かされないくせに。
ホントに、アーちゃんは、カナタのことばっかり。
バカみたい。
そんなにカナタが大事？

じゃあさ、
カナタがいなくなったら、アーちゃん、どうする？
カナタが倒れたように、アーちゃんも倒れる？
ねぇ。

もしそうなったら、私がアーちゃんのそばにずっとついててあげるよ。

アーちゃんがカナタにそうしていたように。


由良家の庭は結構広い。

紫陽花《あじさい》がそろそろ見ごろだった。誰かが面倒を見ているわけでもないのに、生命力の強いこの花は、雑草さえ押しのけて、年々大きく艶《あで》やかになっていく。白から青、淡い青から濃い青、青紫から淡い紫。モザイクのように混在する寒色群が美しい。この花には今日のような曇天《どんてん》がよく似合う。

私は庭の真ん中で立ち止まり、カナタを観察した。

しゃがみこんだカナタは、青い石が入った透明なナイロン袋を踏み石に置いて、金鎚で手際よく叩いていた。たまにナイロン袋に手を突っこんで、不要な欠片を取り除く。そしてまた金鎚を振るう。

ガン、ガン、ガン。

それを何度か繰り返し、かなり細かく砕かれた青い石を、今度は乳鉢に移す。

その段になって初めて声をかけた。

「何やってるの」

縁側に上がってあぐらをかいたカナタは、ぼそりと答えた。「絵の具作ってる」

「絵の具？……絵の具なんて買えばいいじゃない」

カナタは返事をせず、乳鉢と乳棒を使って中身をゴリゴリとすりつぶし始めた。

「買えばいいじゃない」

代わりなんていくらでもあるじゃない。

店頭に並ぶ無数のチューブの中から適当に選べばいいじゃない。

みんなそうしてるじゃない。

「ねぇ、カナちゃん……」

呼びかけても、聞こえているのやらいないのやら、カナタは自分の手元を見つめるばかり。

本当に、殺してやろうか。この男。

自分でも意外なほど具体的な殺意がものすごい勢いでこみあげてくる。

この男。この男。この男だけが、
アタカを翻弄《ほんろう》できる。

私ではアタカの心を一ミリも動かすことはできないっていうのに。

私は常に努力しているのに。カナタは何もしていないのに。双子として産まれたというだけで。たったそれだけのことで、この男は。

　殺してやる。

　殺して、アタカとまったく同じ造りをしたその首を斬《き》り落としてやる。まだ体温を残し血を滴らせるそれを、アタカに叩きつけてやる。アタカに自分の首を抱かせてやる。そして、指差して「それを愛してるんでしょ」と嘲《あざ》笑ってやる。アタカはどんな顔するかしら。


　でもきっと、そんなことしたって何も変わらない。


　だって、私じゃムリなんですってよ。

　私はお呼びじゃないんですってよ。

　私は要らないコなんですってよ。

　視界が白く濁って何も見えなくなった。私は膨らみきった風船が破裂するように泣いた。庭の真ん中に立ち尽くして。顔を上向けて。幼い子どものようにわんわんと声を上げて。

「カナちゃあ――……」

カナタはさすがに手を止めて、私に眼を向けた。

わたし、

私は、

すぐに泣き喚く女が大嫌いだ。泣けば解決すると考えるのが許されるのはせいぜい幼稚園に入るまでなのだ。自分の弱さをひけらかして同情を乞《こ》おうなんて、浅ましいにも程がある。そんなのは恥知らずのすることだ。だから、安易に涙を流す女を見るたびイライラする。口汚く罵《のの》りたくなる。泣きゃあいいと思うなよ！　そんな私なのに、今、涙が止まらない。嗚咽《おえつ》をこらえることができない。くそッ。

なんだかもう立っているのもしんどくて、私はカナちゃんの足もとにしゃがみこんで膝に顔を伏せた。そこでまたひとしきりウワーッと慟哭《どうこく》した。声を張り上げすぎて、喉《のど》がチリチリと痛み始めた。私は涙と洟水《はなみず》でドロドロになった顔を上げ、悲鳴とほとんど変わらない甲高さで叫んだ。

「どうしてアーちゃんは私を好きになってくれないのぉ――……」

カナちゃんは相変わらず何も言わない。

物を見るような眼で私を見ている。

「なんか言えェッ、こんにゃろ！」

「お前はそういうの全部分かった上でそれでも宛《あたか》のこと好きなんだと思ってた」

あ。

そうかも。

涙って舐《な》めるとしょっぱいけど、成分としては、塩分だけじゃなくて糖分も含まれている気がしてならない。だって泣いた後は甘いものを食べたくなるし。というわけで、とりあえず泣き止んだ私は縁側に腰かけ、そこにあった花林糖《かりんとう》の袋を胸に抱えて、垂れてくる洟をグズグズ啜《すす》りながら、飢えた馬のような勢いでボリボリ貪った。勢いよすぎて喉につかえそうになったので、近くにあった麦茶をグイグイ飲む。花林糖も麦茶も、もちろんどちらもカナちゃんが用意したものだ。自分が運んできた食料をそっくり奪われたカナちゃんは、私を恨みがましく一瞥《いちべつ》した。

私はそ知らぬ顔でカナちゃんの作業を眺めていた。

と言っても、さっきからずっと青い石をゴリゴリとすりつぶしているだけだ。

乳鉢も乳棒も小ぶりな可愛らしいサイズだが、これはカナちゃんの私物だろうか。

青い石もそうだけど、こういうのってどこに売ってるんだろう。それとも、学校から借りてきてるのかな。カナちゃんは近所の美術大学に通っている。美大になら、乳鉢とか、絵の具の材料になる青い石とか、普通に置いてありそうだ。それにしても、小学生のときから思ってたけど、「乳鉢」「乳棒」というこの微妙にエロスな名前はどうにかならんのか。

カナちゃんは黙々と青い石をすりつぶし続ける。

私も黙ってその作業を眺める。

見ているうちに、なんだか楽しそうに思えてきた。

「私もそれやりたい」

と言ってみる。

断られるかと思いきや、カナちゃんは下敷きにしていた新聞ごと、私に乳鉢を押しやった。

私はサッと正座した。「とにかく細かくすればいいんだよね？」

「こぼすなよ」

「うん」

乳鉢をしっかり固定し、見様見真似で青い石をゴリゴリとすりつぶす。実際やってみると、まぁ、特筆して楽しいというものでもなかったが、でも単純作業なだけにすごく集中できる。こういう図工的なことするのって、いつぶりだろう。

板敷きの上の正座は早々に崩れて横座りとなり、挙句は立て膝になり、最終的にはあぐらになった。前かがみの姿勢で小さな乳鉢と乳棒に集中しているので、首の付け根がだるくなってくる。じんわり汗が滲《にじ》んでくる。

「……カナちゃん」

「うん」

「私、ついさっきまで、カナちゃんを殺そうと思ってたんだよ」

「へぇ」

「ホントのホントにだよ」

「うん」

「カナちゃんを殺して、首を落として、その首をアーちゃんに抱かせてやるって思ってたの」

「シュールだな」

「だってそうでもしなきゃ、アーちゃん、私のことなんか見てくれないじゃん」

「かもね」

「ううん。せめて否定してよ。ううう」

涙と洟水が、またしてもしょぼしょぼ流れ出てきた。

私は袖で水分を拭《ぬぐ》いながら、青い石をすりつぶし続ける。

「私がアーちゃんを好きなのと同じくらいに、アーちゃんにも私のことを好きになってもらいたいよ」

カナちゃんは「ふっ」と鼻を鳴らした。

何よその「そりゃムリでしょ」みたいな嘲笑《ちょうしょう》は。

分かってるわよ、ムリなのは。

誰よりも私が分かってるわよ。

でも願わずにはいられないこの女心が分からないの？

……分かんないんでしょうね。

「いいけどさぁ別に！」

私は再び乳鉢に集中する。

中身は、もはや、青い石というより青い粉。

これで絵を描くの？

なんか変なカンジ……

十九世紀に写真が登場するまで、視覚を四角い枠に収めるメディアは絵画の独壇場だった。写真が〈瞬間〉を切り取るものなら、絵は、時間も形も空気も目に見えるものも見えないものもすべて丸めこんだ絵描きの〈心像〉をそこに留めるもの。これも一つの魔法で、絵描きもまた、魔法使いであるに違いない。

私は魔法使いに尋ねる。「これホントにちゃんと絵の具になる？」

「なる」

「これで何を描くの？」

「鱗《うろこ》」

「ふーん」

青い鱗かぁ。

なんの鱗だろう。魚？　蛇？　それとも架空の生物？

なんにしても、きっと綺麗だろうな。

なんせこの青い絵の具には、私の汗と涙と怨念《おんねん》がこもってますから。

「言っとくけど、絶対いい絵になるわよ」

私の言わんとしていることを察しているのかいないのか、カナちゃんは口元だけで
笑ってみせ、そして「宛とは、」と低く呟《つぶや》いた。

「お前が何も望みさえしなければ、ずっと一緒にいられると思う」

あら。

魔法使いのアドバイス……

6

「うわ、マジでAだ」

「マジでマジモン？　すげー」

「可愛いね、やっぱ」

「Aちゃんって、こういう集まり出てもいいの？　事務所からなんも言われない？」

いいんだよ、あんたらとどうこうなるわけでもないんだし。

そもそも、すぐ帰るし。

とは、さすがに言わないけど。

「信用されてますんで」

暴力事件起こして自宅謹慎中だけどね。

にっこり。

営業スマイルは無料《タダ》ですよ。写真集買ってね。

友人に客寄せパンダとして呼び出された私は客寄せパンダらしく愛想よくする。

六月十二日、十九時。

とある繁華街の居酒屋。

本日の会合は男女共に四人ずつの集まりとなりました。女性方は、私の友人が集めた平凡な女子大生（プラス私）。男性方は、某有名私立大学のバレーボール部員ズ。前年度のインカレもいいところまで進出したとかしないとか。どの方も見目よろしくお育ちよろしく、将来有望だそうでございますけど、ワタシ的にはどうでもいい。

「Aちゃん、何飲む？」

「えー、と、私は……」

「Aちゃんはお酒いけるの？」

「いえ、お酒はまだ」

「あ、そっか。Aちゃんってまだ十九だっけ」

「はい」

「危ねー。飲ますとこだった。未成年飲酒でAちゃんが捕まって活動停止とかになったら、俺らファンに殺されちゃうね。あははは」

「あはは、大丈夫ですよ」

「もー、皆さん、Aちゃんばっか構って」「まぁでもしょうがないよね、Aちゃんホントに可愛いもん」「ホントに綺麗だよね、女の私でも見惚《みと》れちゃう」

「そんな」

ははは。

ははは。

……あれ？

私は人の輪の中心にいて、こんなにちやほやされているのに。

みんなの顔は笑っているのに。

私の顔も笑っているのに。

なんでこんなに虚しいんだろう。

カバンの中の携帯電話がブイーッと震えた。この振動パターンは、メール受信だ。

こっそりと携帯電話を取り出し、メールチェック。お母さんからだった。

いまどこですか
じたくきんしんちゅうのひとが
ふらふらしてちゃいけません

機械オンチのお母さんは、最近ようやく自力でメールを打てるようになったものの、未だに漢字変換がままならない。予測変換機能を使えばいいじゃない、と思うが、それもままならないらしい。

もう帰るところ、今から電車に乗ります――と手早くメール返信して、私は腰を上げた。母メールのおかげでタイミングが掴めた。

「ごめんね、急用できた。帰らなくちゃ」

男四人は「えーっ」と驚き、落胆したが、次の瞬間には「デコイだったか」と察したようだった。女三人は口では「えー」「ざんねーん」と言いつつ、あからさまにホッとしていた。表情で分かる。手に取るように。

こういう人間の心の動きって面白いね。

でも疲れる。

友人の耳元で「じゃそういうことで」と囁いてから、私は店を出た。

外の空気は、湿気と繁華街の人いきれとが混じりあい、屋内よりも圧迫感があった。今にも泣き出しそうな、と表現されるような空模様。梅雨真っ只中《ま　ただなか》だというのに油断して、今日は折り畳み傘も持っていない。家に着くまでもっておくれよ、と祈りつつ、私は駅に向かって歩き出した。

そのとき、「待って」と肩を叩かれた。

こういう繁華街で声をかけられたときは、ほぼ例外なく無視するのだが――今回ばかりは足を止めた。相手が、合コンに参加していた男のうちの一人だったので。名前は、聞いたけど忘れた。

バレーボール選手というのは嘘《うそ》ではないのだろう、見上げるほど背が高いし、すらりとしているようでいてその実がっしりとしたいい体格をしている。さっぱり短く刈った髪も、厭味がなく男らしい。

私を追いかけてきたらしい彼は、若干緊張気味に、しかしハッキリと言った。「駅まで送るよ」

「え。でも、」

「もう暗いんだし……こんなところをAちゃんみたいな娘《こ》が一人で歩くのは危なっかしいよ」

「そうかな？」

「そうだよ、もちろん！」

いい人そうだなぁ。

下心は大いにあるにせよ、あの場所あの雰囲気で「あの娘《こ》を送ってくる」と席を立つのは、それなりの踏ん切りが要っただろうに。

……なんというか、
こういう人を選んだほうが、幸せになれるのかもしれないな。

外聞の悪さも気にせず私を追いかけてくれる人。

他者にも情熱を注げる人。

私は微笑んでみせた。営業用じゃなくて、素の笑顔。

「ありがとう。でもいいの」


あーあ。バカだねバカだね。バカなことをしてるよまったく。人からバカな女の話を聞くたび「バカなヤツ」と笑うけど、自分だって少なからずバカ女なのだ。周囲を理性的に観察しているようでいて、その実、見たいものしか見ていないのだ。計算高く振舞っているように見えて、結局は、欲望のままに動いているのだ。どうしようもないね。でもそういう自分が嫌いじゃないんだよ。

電車に揺られているうちに、糸のように細かい雨がガラスにパラパラと降りかかり始めた。まぁこれくらいなら走って帰れば大丈夫か……と高をくくった私を嘲笑うかのように雨足はガンガン強まっていき、駅に着いた頃にはバケツの水をひっくり返したような豪雨になっていた。ついてない。駅に隣接するコンビニで安いビニール傘を買おうかどうしようかと悩みながら、改札を抜ける――

聞き慣れた声で名前を呼ばれた。

ギョッとして、足を止めた。傘をさしたアーちゃんが私に近づいてきて、ぽかんとしている私に、手にしていた私の傘を差し出した。

「……アーちゃん？」

「カナちゃんに見えるか」

見えません。

アーちゃんとカナちゃんは、顔は同じだけど、全然似ていない。

私は見間違えたりしない。

「いつ帰ったの」

「さっき」と答えると、アーちゃんはきびすを返して雨の中を歩き出した。

私は慌てて傘を開き、彼の後を追った。

「待って。待って」

大粒の雨が傘に当たって、バラバラと耳障りなほど大きな音を立てる。アーちゃんに追いつき、並んで歩きながら、数日ぶりのアーちゃんの顔をジッと見た——

「その顔、どうしたの」

右頬が、赤く腫《は》れていた。

アーちゃんは「昨日、ちょっとぶつけた」と、これまた短く答えた。

「なんか殴られた跡っぽいけど」

「そう？」

あまり話したくなさそうだ。

でも気になる。

「××県なんかに何しに行ってたの」

「人捜し、かな」

「女？」

クスと笑う気配。「残念ながら男だ」

「ふーん」なら安心。「で、見つかったの？」

「……見つかった、ってことになるか」

「よかったね」

「俺はバカだな」

「え？」

「今さら思い出した。どうして忘れてたんだろう」

「どうしたの」

「あの男は言ってたんだ。あのモクバーガーで。彼女を前にして。『俺の子どもはいい子ばっかり』と」

「？」

「考えてもみろ、『俺の子どもはいい子ばっかり』と言ったんだぞ。一人娘だったら『ばっかり』なんて言わない。そうだろ。あの男にはまだ他にも子どもがいるって、あの時点で気づくべきだったんだ」

「ねぇ、それ、なんの話？」

「いや、この話はもういい」と突っぱねて、アーちゃんは声を落とした。「お前、同業者殴って自宅謹慎になったんだって？」

「…………」

「同業者ってことは相手も女の子なんだろうが」

「……そうだけど」

「何があったか知らないけど、殴ることはないだろう、可哀想に」

「でもあっちが先に殴ってきたんだよ」

「何もしてないのにいきなり殴ってきたわけじゃないだろう。お前が煽《あお》るようなことを言ったんじゃないのか」

責めるような口調に、腹が立った。

私は飛沫《しぶき》を上げて足を止めた。「アーちゃんのせいでしょッ！」

アーちゃんは白けた顔で振り返った。「なんで？」

……まぁ、確かに、今のは、かなり脈絡がなかったけど。

でも、

「私が行動する理由の大半にはアーちゃんがかかわってるんだから、今回だって、アーちゃんのせい！」

アーちゃんは何も言い返してこなかった。

拍子抜けしてしまう。

一言も発しないまま、アーちゃんは歩き出した。

私ものろりと足を動かした。

アーちゃんの少し後ろを黙ってついていく。

彼のジーンズのバックポケットを見るでもなく見ながら、手をつないでほしいなぁと思った。でも、アーちゃんはきっと嫌がるだろう。傘から手を出せば、当然、手はずぶ濡《ぬ》れになる。そんな非合理的なこと、アーちゃんはしない。「ねぇねぇ」と甘えるための声が喉元まで出かかっていたが、呑《の》みこんだ。

でもなー、
くっつきたいなー。

なら、相合傘はどうだろう？　傘を閉じて、アーちゃんの傘に強引に入るっていうのは……いや、ダメだ。アーちゃんが、雨の中、せっかく届けてくれたこの傘を使わないなんて、そんなもったいないことできない。

駅から少し離れれば、もうそこは住宅街だ。

雨音以外に耳に届く音はなく、私たちの他に歩いている人影もなかった。

車さえ通らない。

ふと、迷路を彷徨《さまよ》うのに似た不安に駆られた。

私は歩調を速めた。歩調を速めると跳ねる飛沫の量も増えるけど、もうそんなこと気にしてもしょうがないくらいに私の足もとはずぶ濡れだった。

「由良家に泊めてよ」

雨音に負けないように、できるだけ大きな声で。

「ここからだと由良家のほうが近いよ。自宅《ウチ》まで帰るのしんどいよ。由良家《そっち》に泊めて」

と言っても、由良家と小矢部家は徒歩数分しか離れていない。

甘えたことを言うんじゃありません、とかなんとか言って渋るかと思いきや。

「いいよ」あっさり頷《うなず》いた。「叔母さんにメールしとけよ」

「はい」

私はいそいそとカバンから携帯電話を取り出し、お母さんにメールを打った。

……そういえば。

「アーちゃん、どうして私が電車使って帰るって分かったの」

「叔母さんから聞いた」

まぁ、それはそうだろうけど。

私の家にあるはずの私の傘を持ってきてくれたんだし、お母さんと顔を合わせてはいるだろうけど。

でも私、何時何分の電車に乗るということまで、お母さんに知らせてない。

「どうして私が乗る電車の時間が分かったの」

「分からないよ、そんなの」

ん?

じゃあ、

「もしかして、駅前《あそこ》でずっと待っててくれたの?」

一瞬、期待に胸が騒ぐが、

返答なし。

……なんだよ、もう。

たった一言でいいのに。

「そうだよ」とでも「うん」とでも。

そのたった一言でカタルシスだったのに。

残酷なアーちゃん。

昨日のカナタの言葉がふと思い出される。

「お前が何も望みさえしなければ、ずっと一緒にいられると思う」

その言葉の意味は、なんとなく、分かっている。

その言葉の正しさも、なんとなく、分かっている。

でもそれを私が納得して受け入れるかどうかというのはまた別の問題だ。

いばらの道だね、まったく。


ホントにひどい横殴りの雨で、傘はほとんど意味をなさず、由良家に辿《たど》り着いたときには私もアーちゃんも濡れ鼠《ねずみ》になっていた。

私はアーちゃんよりも先に由良家に上がりこみ、踏みしめれば水が染み出てくるほどに濡れた靴をポイポイ脱いで、玄関に上がった。靴箱の上にあったタオルでササッと足を拭《ふ》き、使ったタオルをアーちゃんにポイと放る。

湿った上着をくるくると脱ぎながら廊下を進む。

なんだかすごく疲れた。いつものソファにドカッと不貞寝《ふてね》してやろう。それで、アーちゃんが所定位置についてゲーム始めようとしたら、邪魔してやる。

そう意気込んで私はリビングに突入し、発見した。

テーブルの上に『gAme』があるのを。

しかも、すでに読みこまれた形跡がある。シュリンク剥がされてるし、「危険で不思議」なオビも剥がされてるし、何より、ゲーム雑誌の上に重ねられている——ゲーム雑誌の、下ではなく、上に！　これは、由良家リビングの宛テリトリー内においては、破格の待遇なのだ。

私は背後のアーちゃんを振り仰いだ。

「あれ、買ったの？」

「買ったよ。お前がくれないから」

「……見たかったの？」

「まぁね」

素っ気無い言い方。でも、きゅーっと胸が締め付けられた。顔が熱くなってくる。でもその動揺を気取られるのはなんとなく悔しかったから、私も「ふーん」と素っ気無い言い方をする。

「で、どうだった？　見たんでしょ？　イケてた？」

「綺麗だったよ」

顔が歪む。「ふーん……へへへへ」

「なんだよ」

「えー、別にィ。ふふふふ。ありがと。ふふふふ」

不可解な笑いを繰り返して涙目をごまかす。

嬉しかった。嬉しすぎて、全細胞が溶けるかと思った。いやもうホントに溶けるかもしれない。うまく立ってられない。胸が痛い。息が止まりそう。しゃがみこんで顔を覆って、気でも触れたかのようにキャ――ッ！と叫びたい。

見てくれたんだね、アーちゃん。

綺麗だと思ってくれたんだね。

それだけでいいよ。充分。ありがとう。

その言葉が聞きたかった。

アーちゃんが見てくれたよー！ってだけでバカ女な私は充分満足で、もうこのままグラビアやめてもいいやーってカンジだったんだけど、なんか、そういうわけにも行かなくなった。なぜなら『gAme』は発売開始直後から全国書店で売り切れ続出、重版待ちの状態になってしまい、このジャンルにおいて「これだけ売れれば大ヒット」と目安にされている数字を上回る部数をさらっと売り上げ、その結果、事務所にて社長と塩田マネージャーに「頑張ってもう一冊出そうよ！」と、涙ながらに請われてをしまったから。あーあ。世の中ホント狂ってるね。


というわけで。

今日も今日とて私は撮影に励むのであった。

初の海外ロケである。

とある観光地のリゾートホテル、その最上階、スイートルームにて。

アジアンテイストのインテリアで統一されたベッドルームは落ち着いた雰囲気。隣のバスルームにある猫足バスタブには、撮影用の泡風呂が準備されている。バルコニーからは晴天の空と美しいビーチが見える。室内での撮影が終わったら、次は屋外。白い砂浜を蹴って、あの怖いほど青い海に飛びこむのだ。

最高の〈瞬間〉のために。

ふふふ。

白い紗《しゃ》がかかった天蓋《てんがい》付きのキングサイズベッドで私はいよいよ本気を出す。

「Aちゃん、今日は一段と綺麗ね！」

カメラマンは今回もヒデさん。私が最も美しく輝く〈瞬間〉を切り取って永遠にすることができる、私の魔法使い。

「どうしちゃったのォ今日は！　なんだかすごくいいカンジ！」

「ふふふ、そうですか？」

「目の輝きが違うわ！　お肌もウルウルじゃない？」

「そうですかねぇ？」

「そーよ！　ねぇ、なんかいいことあった？」

「……うん」

アーちゃんがね、
アーちゃんが、私を見てくれたの!!

「やだー！　なーになーに？　何があったのー？」

「ナイショ」

「えー、気になるゥ！」

「ナイショです、ナイショ」

この昂揚《こうよう》は、この歓喜は、私だけのもの。

他の誰とも共有するつもりはない。

アタカは言った。人間は心の痛みで死ぬことができる、と。でも私はきっと心の痛みなどというささやかなもので死んだりしない。そんなに弱い生き物じゃない。ただし、アタカがくれる何気ない一言のために、私は死ぬことができる。オイディプスの解答を得て身を投げたあの怪物と同質の潔《いさぎよ》さで。

ふふふ。

なんと淫《みだ》らな。

「いいわよ、その目つき！　ゾクゾクしちゃう！」

異常だよね私。

分かってるよ。

なぜ私こんなことになってしまったんだろう？

「次はこっちよ、こっち見て！　そう！」

そう。

血のつながりを感じないほどに遠縁であればよかった。そうであれば少なくとも逃げることはできた。忘れることはできた。しかし私が彼のいとこであるのは厳然たる事実であり、この半端な近しさが私を縛る。親族が、母が、そして鏡が、私にアタカの存在を突きつけて意識させる。まるで呪《のろ》いだ。私は死ぬまでこの甘美な呪いから逃れられない。

あるいは、親子なりきょうだいなり、もっともっと密接な関係であればよかった。その血の濃さで私は安心できたし満足した。……満足した？　いいえ。きっと満足しなかった。一卵性双生児として生まれなければ満足しなかった。この世界に、同じ瞬間、同じ胎《はら》から、同じ血肉を分け合った一つの存在として生まれなければ。

だから私はカナタを羨ましく思う。殺したいほど羨ましく思う。なぜあいつなの。なぜ私ではいけなかったの。私はアタカがいいの。すべてアタカと同じがいいの。アタカのすべてが欲しいの。祈るのに似た切実さで、そう思う。でも今さらそんなこと言っても仕方ない。私は今の私ができる方法でアタカを手に入れよう。

「Aちゃん、視線ちょうだい！」

魔法使いの言いつけに従い、レンズを睨む。

殺意すらこめて。

一人の男の姿を心に描きながら。

決して私に寄りかかりはしないあの男。

いつも余裕綽々《しゃくしゃく》で、

綺麗で、
残酷な、
あの男。
……そうね。今は油断してくれてればいいよ。
でも、いずれ、私なしではいられなくなるわ。
きっとね。

物グラフ

【ヒトはいつから大人になるんだ？】〈一例〉「自分、大人になったなぁ」と思った瞬間→デパ地下の食品売り場にて。お菓子コーナーにいるときより、チーズとか生ハムとか乾き物とか佃煮《つくだに》とかそういう酒の肴《さかな》っぽいコーナーにいるときのほうがテンション上がってたとき。

【ネオ・ミクストメディア・アブストラクト・クリエイター】長いですね。すみません。造語……のつもりですが、もし本当にこういう肩書きの人、いたら、すみません。

【青っていうのは、不思議な色ですね】これ以降で由良《ゆら》が語っている内容は、『青の美術史』（小林康夫・著／ポーラ文化研究所／一九九九年）の影響を受けています。分かりやすく、かつ、発見の多い一冊でした。

【竹内栖鳳《たけうちせいほう》の『班猫《はんびょう》』】　大正十三年制作。重要文化財。東京都渋谷区・山種《やまたね》美術館所蔵。ちなみに『班猫』は常設展示ではないので注意。

【絵札の絵って全部違うの？】　全部一緒だと思ってました。

【謝辞】
也さん、デザイナーさん、担当編集者さん、各セクション担当者さん。
美術関係サポート／N先生
取材協力／N・Kさん&Sさん
アドバイス／有川浩《ありかわひろ》さん、T・Mさん
そして、この本をお手にとってくださったすべての読者さま。
ありがとうございました！

柴村 仁 著作リスト

プシュケの涙（メディアワークス文庫）
ハイドラの告白（同）

「我が家のお稲荷さま。」（電撃文庫）
「我が家のお稲荷さま。②」（同）
「我が家のお稲荷さま。③」（同）
「我が家のお稲荷さま。④」（同）
「我が家のお稲荷さま。⑤」（同）
「我が家のお稲荷さま。⑥」（同）
「我が家のお稲荷さま。⑦」（同）
「E.a.G.」（同）
「ぜふぁがるど」（同）
「プシュケの涙」（同）
「おーい！ キソ会長」（トクマ・ノベルズＥｄｇｅ）

メディアワークス文庫

ハイドラの告白《こくはく》

柴村《しばむら》 仁《じん》

発行　2010年3月25日　初版発行

発行者　髙野 潔
発行所　株式会社アスキー・メディアワークス
〒160-8326　東京都新宿区西新宿4-34-7
電話03-6866-7311（編集）
発売元　株式会社角川グループパブリッシング
〒102-8177　東京都千代田区富士見2-13-3
電話03-3238-8605（営業）
装丁者　渡辺宏一（有限会社ニイナナニイゴオ）
印刷・製本　加藤製版印刷株式会社

Printed in Japan
ISBN978-4-04-868465-1 C0193

アスキー・メディアワークス　http://asciimw.jp/
メディアワークス文庫　http://mwbunko.com/

本書に対するご意見、ご感想をお寄せください。

あて先
〒160-8326　東京都新宿区西新宿4-34-7　株式会社アスキー・メディアワークス
メディアワークス文庫編集部
「柴村 仁先生」係

「こうして言葉にしてみると……すごく陳腐だ。おかしいよね。笑っていいよ」

「笑わないよ。笑っていいことじゃないだろう」……

　あなたがそう言ってくれたから、私はここにいる——あなたのそばは、呼吸がしやすい。ここにいれば、私は安らかだった。だから私は、あなたのために絵を描こう。

これは切なく哀しい、不恰好な恋の物語。

プシュケの涙

柴村 仁

　夏休み、一人の少女が校舎の四階から飛び降りて自殺した。彼女はなぜそんなことをしたのか？　その謎を探るため、二人の少年が動き始めた。一人は、飛び降りるまさにその瞬間を目撃した榎戸川。うまくいかないことばかりで鬱々としてる受験生。もう一人は〝変人〟由良。何を考えているかよく分からない……そんな二人が導き出した真実は、残酷なまでに切なく、身を滅ぼすほどに愛しい。

発行●アスキー・メディアワークス　し-3-1　ISBN978-4-04-868385-2

メディアワークス文庫

「私は生きているのか？
それとも死んでいるのか？」

どん底まで墜ち、首に死神の鎌がかかった
女性の再生の物語

彼氏のために借金の連帯保証人になったＯＬ美咲は、
その借金のカタにヤクザに売られるはめに。
自暴自棄になった彼女は、走ってきた車に身を投げるのだが――。
『太陽のあくび』の著者が放つ異色のミステリアス・ストーリー。

死神と桜ドライブ

有間カオル

定価:578円 ※定価は税込み(5%)です。

発行●アスキー・メディアワークス　あ-2-2　ISBN978-4-04-868467-5

メディアワークス文庫

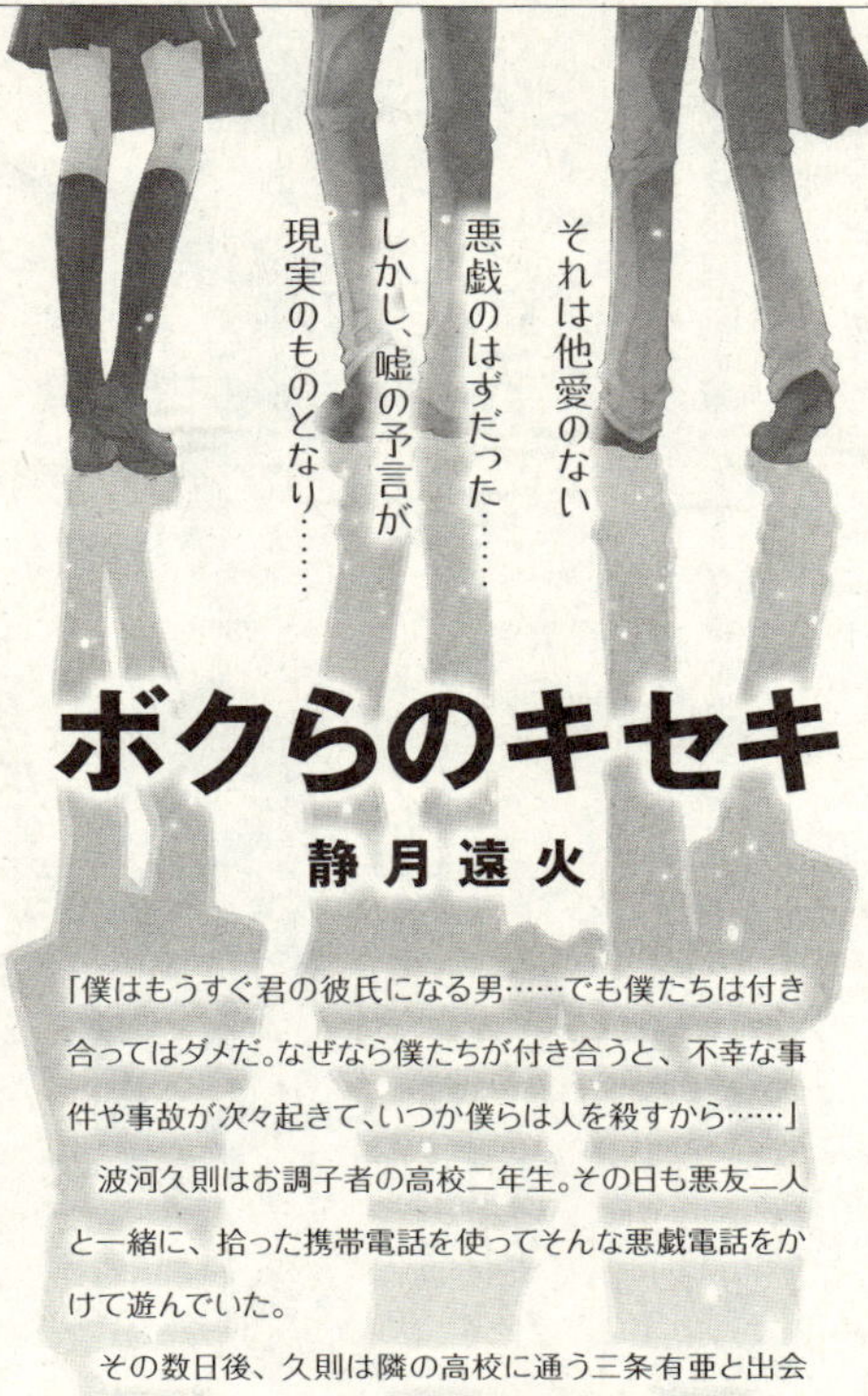

それは他愛のない
悪戯のはずだった……
しかし、嘘の予言が
現実のものとなり……

ボクらのキセキ

静月遠火

「僕はもうすぐ君の彼氏になる男……でも僕たちは付き合ってはダメだ。なぜなら僕たちが付き合うと、不幸な事件や事故が次々起きて、いつか僕らは人を殺すから……」

波河久則はお調子者の高校二年生。その日も悪友二人と一緒に、拾った携帯電話を使ってそんな悪戯電話をかけて遊んでいた。

その数日後、久則は隣の高校に通う三条有亜と出会い、彼女に一目惚れ。しかし久則との付き合いが深まるに連れ、有亜のまわりでは思わぬ事故が続き……。

嘘と現実が交差する学園ラブミステリー。

発行●アスキー・メディアワークス　し-2-1　ISBN978-4-04-868382-1

メディアワークス文庫

貧乏劇団の救世主は「鉄血宰相」!?

シアター!

新生「シアターフラッグ」幕開ける!!

有川 浩

とある小劇団「シアターフラッグ」に解散の危機が迫っていた!!
人気はあってもお金がない! その負債額300万!!
主宰の春川巧は、兄の司に借金をして未来を繋ぐが
司からは「2年間で劇団の収益から借金を返せ。
できない場合は劇団を潰せ」と厳しい条件。
巧はプロ声優・羽田千歳を新メンバーに加え、
さらに「鉄血宰相」春川司を迎え入れるが……。
果たして彼らの未来はどうなるのか!?

定価:641円 ※定価は税込(5%)です。

発行●アスキー・メディアワークス あ-1-1 ISBN978-4-04-868221-3

発行●アスキー・メディアワークス　こ-2-1　ISBN978-4-04-868288-6

発行●アスキー・メディアワークス　か-1-1　ISBN978-4-04-868223-7

ハイドラの告白

柴村 仁

ISBN978-4-04-868465-1

美大生の春川は、気鋭のアーティスト・布施正道を追って、寂れた海辺の町を訪れた。しかし、そこにいたのは同じ美大に通う〝噂の〟由良だった……。『プシュケの涙』に続く、不器用な人たちの不恰好な恋の物語。

し-3-2

0020

殺戮ゲームの館〈上〉

土橋真二郎

ISBN978-4-04-868468-2

——この二つには共通点があるかもしれない。一つはメディアをにぎわす集団自殺のサイト。集団自殺には必ず生き残りがいる。そしてもう一つは人間が殺し合う娯楽ビデオの都市伝説。この二つの繋がりに興味を抱いた面々が……。

と-1-1

0023

殺戮ゲームの館〈下〉

土橋真二郎

ISBN978-4-04-868469-9

出会いや遊びを目的とした大学のオカルトサークルに所属する福永は、ネットで調べたという自殺サイトからある廃墟にたどり着いた。そして目が覚めた時、サークルの十一名が密室に閉じ込められ、殺戮のゲームが始まりを告げる——。

と-1-2

0024

死神と桜ドライブ

有間カオル

ISBN978-4-04-868467-5

彼氏のために借金の連帯保証人になったOL美咲は、その借金のカタにヤクザに売られるはめに。自暴自棄になった彼女は、走ってきた車に身を投げるのだが——。『太陽のあくび』の有間カオルが放つ異色のミステリアス・ストーリー。

あ-2-2

0022

ダーク・サイド

闇と光とクリスマス

鷹村 庵

ISBN978-4-04-868470-5

影と呼ばれる仕事屋が二つの依頼を受ける。一つはある組のボスの孫娘の護衛、もう一つはその少女の暗殺だった。相反する二つの依頼に苦悩する影。しかしその少女との出会いが彼の心の闇を次第にひも解いてゆき……。

た-2-1

0025

ボクらのキセキ

静月遠火

ISBN978-4-04-868382-1

「僕はもうすぐ君の彼氏になる男……でも僕たちは付き合ってはダメだ。なぜなら僕たちは、いつか人を殺すから……」。それはただのいたずら電話のはずだった。だけど僕らは出会い、そして僕は彼女に一目惚れをして……。

し-2-1 0015

君に続く線路

峰月 皓

ISBN978-4-04-868383-8

時は昭和初期。線路を守る保線手として、二十年以上ひたむきに働いてきた三郎。ある日、彼は一人の若い少女が線路の上で倒れているのを発見する——。仕事一筋に生きる純朴な四十男と少女の淡いラヴロマンス。

ほ-1-1 0016

観 -KAN-

永田ガラ

ISBN978-4-04-868384-5

天性の美貌と才能を持つ猿楽師の三郎太夫は、父の死をきっかけに兄の一座を離れた。そして自分の一座を建て、将軍の前で舞いたいという野望を抱く。能楽の大成者・観阿弥が新たな芸術の創造に向け試行錯誤する若き日の姿を鮮烈に描く！

な-1-1 0017

プシュケの涙

柴村 仁

ISBN978-4-04-868385-2

夏休み、一人の少女が校舎の四階から飛び降り自殺した。そのわけを探る二人の少年。一人は、全てがうまくいかず鬱々としてる受験生。もう一人は、何を考えているかよく分からない〝変人〟。そんな二人が導き出した真実は……。

し-3-1 0018

探偵・花咲太郎は覆さない

入間人間

ISBN978-4-04-868386-9

ぼくの名前は花咲太郎。「推理は省いてショートカット」が信条の、犬猫探し専門探偵だ（しかもロリコン）。にもかかわらず、最愛の美少女・トウキは殺人事件を勝手に運んでくる。オネガイヤメテー。これは、そんな僕らの探偵物語だ。

い-1-2 0019